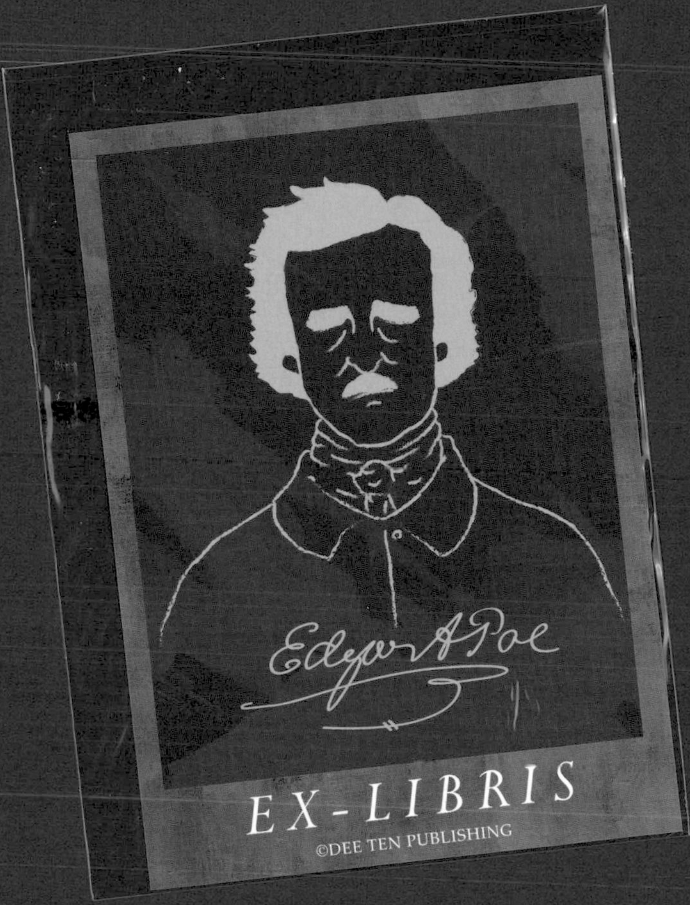
Edgar A Poe
EX-LIBRIS
©DEE TEN PUBLISHING

Edgar A Poe

笛藤出版

愛倫坡短篇小說選

{收錄十篇經典懸疑故事}

莫爾格街兇殺案

E. Allan. Poe

埃得加・愛倫・坡一著

沈筱雲、周樹芬一譯

Contents 目錄

(signature)

The Fall of the House of Usher

亞夏家的崩塌

A.D. 1839

亞夏原本蒼白的面孔更益蒼白，兩眼無神，聲音沙啞，甚至連音調都沒了，說起話來還帶著一種因極度恐懼所產生的顫抖。

一個憂鬱黯淡又寂靜的秋日，雲壓得低低的，我獨自騎著馬，穿越一個很荒涼的地方。夕照之際，我終於看到了陰鬱的亞夏家宅邸了。

不知怎的，每當我見到這建築，都會有一股很難以忍受的抑鬱之情油然而生。這種情懷是即使我見到再荒涼、再可怕的景物也不曾有過的感覺。呈現在我眼前的景色，只是一棟古宅，景緻單調、四周荒廢，一扇扇窗子都像睜著眼睛一般，還有一些雜草和五、六棵枯槁的樹木。該如何形容這種感覺呢？就像一個抽鴉片的人，做起夢來固然飄飄然欲仙，但當麻醉力消失，便又得回到現實面的生活。除了這個比喻，我再也找不到其他例子來比擬我現在沉悶的心情了。我覺得心情冰冷沉重，甚至還有點作嘔的感覺。這種極端低落的心情，即使再努力想些快樂的事，也無法偽裝出愉快的模樣。

究竟怎麼了？為什麼我注視著亞夏家時，心情會感到如此沉重呢？真是令我想不透。絞盡腦汁還是找不到答案，於是我下了一個結論，那就是令我煩惱的力量是真實存在著的，只是要解釋其中的奧祕還不是我能力所及。

我騎著馬繼續前進，一來到圍繞著亞夏家這既潮溼又荒涼的沼澤地，我全身寒毛直豎，牙齒打顫，那些野草枯樹以及那恍如睜眼的窗皆倒映在沼澤上，更有一股說不出的淒涼感。

然而，往後幾個星期，我卻不得不住在這陰鬱的宅邸裡。屋主羅德瑞．亞夏，是我兒時的好友，我們許久未見面了。

前幾天，我突然收到他的來信，我想一定有什麼重大的事情發生了，所以我非跑一趟不可。他在信中說他近來身體狀況很差，再加上一些幾乎無法承受的心理壓力，使得他精神快要崩潰了，因此無論如何都想見我這唯一的、最親近的摯友一面。他相信，透過我們兩人愉快的對談，一定可以減輕他苦惱的症狀。我很明白他的處境，他信中的語氣透露出對我的殷切期盼，因此我毫不躊躇地前往亞夏家。

小時候，我和亞夏雖然親密，但事實上我並不了解他的家庭狀況。只知道他的家族自古以來就有一種很突出的敏感度，這種氣質多半表現在優異的藝術創作上。

近年來，他們家更常常有很多行善的事蹟，對於音樂領域也比以往表現更熱誠。還有一個很特殊的現象，雖然這個家族很古老了，卻從未分家，也就是說，這家族只有直系傳承，沒有旁系存在。家產世代皆以父傳子、子傳孫的方式承繼。因此旁人對這個家族的稱呼便由「亞夏家族」改為「亞夏家」了。

當我的目光由沼澤上的倒映物轉移到實體時，發覺令我毛骨悚然的應該是這棟宅子，以及瀰漫在周遭迴異於一般的特殊霧氣——那是腐樹、舊牆和死寂的沼澤所散發出的混合氣體，一種疫疾般沉靜、危險、幾乎令人無法察覺的神祕氣息。

我盡可能地將這虛幻般的想法拋開，更仔細地觀察這棟古宅邸的外觀。它最大的特色是非常陳舊。歷經歲月侵蝕，很明顯的這宅邸的顏色剝落得很厲害。外牆攀延著許多微小蕈類，屋簷到處垂掛著糾結在一塊的蜘蛛網，僅是如此，就能讓人感到非常荒涼了；石牆雖曾整修過，但重砌的部分與未整理過的零散石塊並列著，感覺很不協調。從上述景象來看，似乎還瞧不出有任何會使這宅邸倒塌的跡象，但倘若注意觀察的話，就可看見一道若隱若現的裂縫，從古宅正面屋脊蜿蜒到陰鬱的沼澤中。

我騎著馬觀望著通過一小段石子路，向亞夏家邁進。

剛抵達大門時，就有一位僕役等著我，我將馬兒交付與他，然後進入屋內，另一位長相斯文的僕役正在等著，他默默帶領我穿過許多房間，前往亞夏的書房。一路上，種種景象又令我再次感受到先前那股淒涼而且體悟更深。

天花板的雕刻、垂掛在牆上陰森森的壁毯、漆黑的檀木床，以及戰利品甲冑等，這些東西都是我兒時就看過的，應該不會因此而感到任何異樣，可是現在卻使我產生種種可怕的幻想。在樓梯口，我撞見他的家庭醫生，但他的臉上顯露出狡猾、不安好心又帶了點不知所措的複雜表情，顫慄地向我打了個招呼就匆匆離開了。過了一會，一個長相斯文的僕役打開了另一道門，將我引到亞夏面前。

這房間比先前我所見的還寬大，天花板也更高，窗子長而窄小並向外突出，從這玻璃窗的格子紋路透進來的微弱紅光，將我身旁的東西照得一清二楚；但對於房間裡稍遠、半圓狀及格子花紋天花板的角落，卻仍模糊不清。牆上掛著黑色壁毯，大體來說，房裡的擺設體積很大，更顯得陰森、老舊及損折，許多書籍和樂器也雜亂地堆放著，整個房間死氣沉沉。在這裡我簡直就像呼吸著悲哀的空氣，因為室內完全瀰漫著一股陰森的氣息，而這種令人難忍的氣氛似乎滲透了房裡所有的擺設。

我跨進門時，亞夏正大刺刺地躺在沙發上，他看到我了，顯得非常高興，很熱誠地歡迎我的到來。一開始，我以為這種熱誠的態度多半是勉強裝出來的，可是見了亞夏的臉龐，就明白他是真心地歡迎著我。

我坐了下來，在他尚未開口之前，以憐懼的眼神瞅著他。的確，像羅德瑞・亞夏這樣在短時間內改變這麼多的人實在少見。

要說服自己相信現在坐在我面前的這個蒼白男子，就是我的兒時好友，還真要費一番功夫呢！

這個男人，無論從哪個角度看來，臉上的特徵一覽無疑：槁如死灰的膚色，炯炯有神、水汪汪的大眼睛，稍嫌單薄蒼白卻曲線優美的雙唇，精緻的希伯來人鼻子——但就這種鼻子而言，鼻孔稍嫌大了點——下巴小巧，有點內縮顯得道德感有些薄弱，加上一頭比蜘蛛絲更細軟的秀髮與寬廣的太陽穴，造就一副令人難忘的容顏。而現在他那蒼白得嚇人的膚色和透出攝人光彩的眼神，令我又驚又怕。那絲絹般的頭髮，說是隨意披蓋在頭上而自然垂墜於臉的四周，不如說是「飄」在臉龐來得貼切。以這副模樣，我實在很難將他看待成是一個「人」。

從亞夏的舉動中，我馬上察覺到一些矛盾處——我曉得這是他為了克制不斷的痙攣，極度神經激動所產生的虛弱。

對於他這種情況，從他兒時記憶，加上其特有的體質、氣質，以及他的來信便可料想得到，因此我心中早有了底。他的舉動有時很活潑，有時卻很遲鈍；他的聲音有時像垂死者所發出的囈語，可是突然又會轉變成像喝得酩酊大醉或無法控制毒癮的人，在極端亢奮狀態下發出中氣十足、具決斷力的話……沉穩、從容不迫、宏亮。那種沉穩、陰沉，像是從喉嚨深處硬擠出來的。

他先說明請我來此的目的，與一些他非常想見我、想得到我安慰之類的話。後來就轉移話題到他身體的病痛上了。據他所說，那是一種體質上的遺傳，始終找不到有效的根治方法。他又說，也許只是一種神經的異常反應，可能不久後就會消失。

當他鉅細靡遺地陳述著疾病的種種異象時，我既覺得稀奇，又有種被弄糊塗的感覺，有點不知所措。他說他只挑些清淡無味的食物吃、不穿顏色搭配不對勁的衣服；不論什麼香味，一聞到就噁心、微弱的光線下也會使他眼睛刺痛；音樂方面，只對弦樂不會產生恐懼感……諸如此類的詭異恐懼症狀一直困擾著他，讓他難以忍受。

「我一定會因為這些詭異又愚蠢的行為逼迫而死的！一想到連一些芝麻小事都會使我的心產生難以忍受的激動，我就苦惱不堪。我快要神經崩潰了，卻還是要隨時與恐怖的幻影格鬥，我想，不久之後，我一定會失去理智！性命不保！」亞夏這樣說著。

這段期間，我又察覺他另一種不可思議的心理狀態：亞夏對於這棟從小就住慣且幾十年未跨出一步的宅子有一點迷信，他認為有某種力量在影響著他。

長期住在這棟形狀古怪的屋裡，使他的心理產生極大的變化，再加上灰牆、閣樓以及瀰漫沼澤的朦朧煙霧，對他的精神更造成了某種影響。

他猶豫地說，其實他所受困擾的還不只這些，還有一件更明確的事實：他世上唯一，也是最後親人——可愛的妹妹瑪德琳罹患了重病，死神侵逼著瑪德琳。「如果妹妹死了，那麼無依無靠又懦弱的我，將成為這享負盛名的亞夏家的孤兒了。」

當他以那種令人難忘的淒慘語氣這麼說的時候，我正瞧見遠處的瑪德琳穿過一個房間進入另個房間。我既懼又驚地望著她。至於我為何如此恐懼，我自己也不知所以然。我的視線隨著她一步步移動，竟感到頭暈目眩。直到瑪德琳的身影消失後，我才回過神，本能地望向亞夏。但這時他卻雙手掩面，一滴滴的淚水從他那毫無血色的皮包骨的指縫中滑落。

儘管他的家庭醫師醫術不錯，也花了很長時間治療瑪德琳的病，但還是一籌莫展。她常常陷入一種緩慢無知覺的狀態，且有一種雖時間極短，但一發作便會全身僵硬的怪病，看來與死人無異，可是不久又活了過來。由於與此怪病長期搏鬥，使瑪德琳的身體日漸消瘦。她儘量忍著不躺下來，但就在我抵達的那天傍晚——這是據當晚亞夏激動萬分地描述——她終究被那怪病的可怕力量擊倒了，所以我想我所看到的那幾眼，應該就是她最後的身影，至少我認為我是再也見不到她了。

往後的幾天，我和亞夏都沒有再提過瑪德琳。這段日子，我盡心地幫助亞夏，希望能讓他恢復往日的生氣勃勃。我們常一起作畫或讀書，有時彈彈吉他、吟吟詩來消磨時間。就這樣，我們異常親近，現在我已能透視他的心靈深處了。不過，我的努力仍白費了，因為他心中似乎與生俱來一種對於「黑暗面」的強烈傾向，使他對於外在與內在的事物，都以黑暗陰冷的觀感回應。

此外，亞夏的幻想力非常豐富，他的幻想之一——我並不能確認是否為幻想——雖然不明顯，但還是能用言語表達，就像一幅小小的畫是一面純白光潔、單調的長牆，如隧道內緣，從構圖的各種角度看來，就曉得這個洞是位在很深的地底，這個寬廣的內部沒有出口，也沒有火炬及其他人造光，但到處射出強烈的光線，這強光使所有的東西都發出奇異的光芒。

前面我曾提到，亞夏除了弦樂外，無法忍受其他樂器所奏出的旋律，在此前提下，他就只有彈吉他了。這方面他的造詣很深，他即興彈奏的樂曲之美妙，更是筆墨難以形容。他所彈奏的曲子或是吟唱的歌謠——他常常唱一些韻律優美的即興詩——絕對是他發自極致的藝術靈感，心靈集中所爆發的結晶。這類的詩詞，我輕易就刻畫於心，譬如這首「幽靈宮」，或許與原文有些微出入，但我記得大概的內容是這樣：

一

在綠意蔥郁的山谷中，
天使久居於此，
光芒四射的華美宮殿巍峨聳立，
在思想君王的領域中……
屹立著！
即使天神也不得不在這樣莊嚴的宮殿前，
停下祂的翅膀。

二

燦爛奪目的金黃色小旗，
在屋頂飄揚（在好久好久以前的記憶裡），

嬉戲在輕柔溫婉的和風中，
在那甜蜜的日子裡，
沿著那座肅穆蒼白的堡壘，
直到這股清香隨風飄散。

三

在這幸福的山谷間徘徊的人，
透過兩扇透明窗，
隨著豎琴和諧的旋律，圍繞著寶座前的眾神，
思想君王！
他那莊嚴的尊容，
俯視著他所主宰的王國。

四

華美的宮殿大門，
鑲上金光閃閃珍珠和紅寶石，
萬丈光芒不斷照射到宮殿裡，
一如閃電之光，
迴響即起，
他們以美麗的聲音，
歌頌思想君王的智慧與賢德，
成為他們甜蜜的責任。

五

但邪惡的幽靈穿著悲傷的服飾，
攻擊高高在上的思想君主，
（喔！真讓我們悲傷呀！因為他們將永無天日了！）
就這樣昔日盤旋在宮殿外的光耀，
變成了舊日遭遺忘的故事，深深埋葬在歲月中。

六

如今行經山谷的人們，
透過那映著紅光的玻璃窗，
只見那伴著不成調旋律搖曳的朦朧巨影，
恰似猙獰的奔流，
邪靈得逞的笑著衝出幽暗宮門，

但此處笑聲不再。

這首短詩給予的暗示，引起我的聯想，終於我明白了亞夏的觀念。在他的觀念裡即使植物也會有知覺作用。如今他混亂的幻想中，那種想法更為大膽強烈，他甚至認為在某種情況下，一切事物都存有知覺。那種信念就像我先前提及，與其祖先遺留宅邸的灰白岩石有關。至於知覺作用的條件，就是這些岩石的排列方式，特別是這種方式歷經歲月刻畫，倒影又搖曳在沼澤寧靜的湖面。

亞夏表示，只要從沼澤湖面與灰白岩牆自然凝結的大氣現象，就能證明它們存有知覺。聽著他的這番見解，我全身都起了雞皮疙瘩。他又補充，這些隱隱的生機，接連幾代左右著他家族的命運，甚至將他幻化成今日我所見的這副孤寂可悲的身影。

「由此可見，你不難體悟那股力量的可怕。」他這麼補充道。

從他所閱讀的書——長年霸占亞夏大部分精神生活的書籍——不難明白與他那些幻想有關。例如葛瑞賽特的《修道院的鸚鵡》、麥奇亞維里的《貝爾佛格》、史維登伯哥的《天國與地獄》、赫伯克的《尼古拉斯的地底航行之旅》、羅伯．弗拉、珍．

丹達基內、與德．拉．夏姆穆爾《掌紋卜卦法》、塔克《萬里遊蹤》以及康普內拉的《太陽之都》。

我們最愛看的是多明尼肯．艾伊美瑞克．德．喬隆尼的八開小冊《宗教審理法》，還有朋伯尼斯．梅拉的幾篇抒寫著古非洲森林之神與牲畜之神的文章，這些書常會讓亞夏如癡如醉地連坐好幾個小時。尤其，他的一大樂事，是細細玩味著那本歌德體四開裝訂本的珍貴古書——一本已淹沒在教會的教友手冊裡的《馬貢廷教會唱詩班為亡魂守靈之夜》。

某天夜裡，亞夏突然告訴我他妹妹瑪德琳去世了，還說在埋葬之前要暫時將她的遺體放在地下室的某間房間，擺放兩個星期左右。據亞夏的說法，是因死者怪異的病症以及亞夏家族墓園地處遙遠偏僻種種原因，因此不得不做此打算。

於是我幫他一起將瑪德琳的棺木抬往地下室的房間。

那是一間封閉已久的地窖，位於我的臥房正下方。裡面狹窄潮溼，伸手不見五指，走在裡面我們的火炬幾乎熄滅。這間地窖大概是在封建時期用來作為內堡，後來又移為火藥及其他易燃物的貯藏室。我之所以如此推測，是因為其內壁與部分地板均用銅板仔細鋪蓋著，還有一扇很笨重的大鐵門，所以當我們關上門時，即使是門鏈的轉動都會發出尖銳刺耳的聲音。

將瑪德琳的棺木放在那詭異房間裡的檯桌後，我們將尚未釘死的棺蓋稍稍打了開來，看瑪德琳最後一眼。

他們兄妹倆酷似的程度，第一次引起我的注意。這時亞夏大概也看出我的心思了，於是喃喃地告訴我，他們是孿生兄妹，因此彼此總存在著若有似無又難以解釋的心電感應。

我們沒有將目光停留在瑪德琳身上太久，因為注視她的時候，心中總不自覺的有股莫名的恐懼。雖然她正值青春而早逝，但除了胸口和面容有點血色外，唇邊竟還掛著死人特有的那種令人毛骨悚然的詭異笑容。我們將棺木蓋好，釘上鐵釘，再將鐵門關上之後，又回到樓上我們所居住的陰鬱房間。

數日後，亞夏混亂的心情有著明顯的變化。他失去了平時應有的舉動，書也不看了，似乎很忙碌的樣子，整日以凌亂的步伐，焦急地在屋宅裡東奔西竄；亞夏原本蒼白的面孔更益蒼白，兩眼無神，聲音沙啞，甚至連音調都沒了，說起話來還帶著一種因極度恐懼所產生的顫抖。

我猜想他那激動的心，可能正與一個無法忍受的祕密對抗著，他想說出來，卻又不敢，於是裝腔作勢著。不過，有時我想他或許又在幻想著什麼不可思議的瘋狂事情，因為他總是很專心地聆聽著某種我聽不見的聲音，或長時間注視著某處……這些舉動令我覺得非常恐怖，我深怕受他影響。我認為他那種奇異的迷信力量已慢慢轉移到我身上了。

瑪德琳的遺體停放在地下室七、八天後的一個夜晚，那恐怖感更加劇了。那天晚上我很晚才就寢，躺在床上又輾轉難眠。時間分秒流逝，我焦急地想用理智對抗我過於敏感的神經，不斷說服自己這一切都只是幻覺，都是因為房裡陰森森的擺設造成的。風吹來時，掛在牆上的壁毯緩緩飄動，前後左右不停地晃動著，甚至我床頭裝飾物的四周，也迴盪著那可怕的壁毯聲。無法壓抑的顫慄漸漸蔓延我的每個毛細孔，終於，完全埋沒理性的恐懼感重重壓上我的身體。我喘息著不停掙扎，在好不容易擊退恐怖之際，從枕上撐起頭來，透過深沉的黑暗，動也不動地注視著遠方，除了說是被本能的精神刺激之外，實在找不出其他理由……然後我的耳朵豎起，聆聽到一種夾雜在暴風雨聲中不知從何傳來若有似無的微弱聲音。我再度被那股難以解釋又已到臨界點的恐怖感所征服，我急忙掀開棉被，離開床鋪，在房內來回踱步著，想拋掉那種驚悚的感覺。

就這樣，我不停地踱步，直到聽見臥房旁的樓梯出現輕微的腳步聲，立刻知道是亞夏來了。他輕敲我房門，提著燈走了進來。他恍如死人般蒼白的臉龐，眼神中透露著狂喜，其舉動很明顯的就是想壓抑住自己歇斯底里的模樣。看他的神情，我感到異常害怕，但總比一個人獨處好，因此我還是視他為救星。

「你看見了沒？你等等，馬上就曉得了！」亞夏默默注視著自己周圍，幾分鐘後，他突然開口。

亞夏將油燈上的罩子蓋好，走到窗前，將窗戶打開。

從窗口吹進的猛烈強風，幾乎要將我倆從地面颳起。的確，這風大得離奇，這確實是個詭異的夜，是一個美麗與恐怖交織而成的夜晚。毫無疑問，旋風就在這屋宅附近凝聚成一股力量，因為風的方向一直變換著，而在屋宅上方黑壓壓的濃密雲層，也從四面八方猛撲而來，彼此相互撞擊著，聚集於此不停打轉。濃密的雲層並未阻擋我看這些景觀，這並不是指月光或閃電，而是圍繞籠罩著這屋宅的沼澤所發出怪異微光的蒸發體。它不僅照亮了低空中那些攪亂了的水蒸氣團底部，甚至連我們身邊的所有東西都照得一清二楚。

「不行，你不能看這些讓你煩惱、但事實上並不稀奇的現象，這只不過是沼澤腐敗的瘴氣所致。把窗子關上吧！外面露氣很重，對你的身體不好，剛好這裡有本你很喜歡的小說，我來讀給你聽，讓我們安然度過這個恐怖的夜晚吧！」我半溫柔半強迫地將他從窗邊拉到床邊，顫抖地這麼說著。

我手邊這本書是蘭斯勒特．坎寧爵士的《瘋狂的會合》，我只是半開玩笑地說這是亞夏最喜歡的書，但其實這本書並沒有能令他滿足的內容。可我身邊就只有這本書，為了消除這位憂鬱症患者的煩惱，我唸了些很通俗無奇的故事，想藉此舒緩他的情緒。

我讀的是書中的主角伊瑟瑞德去拜訪一位隱士的住處卻進不了門，於是他憑著武力硬闖入的這個段落，內容大概是這樣：

「……就這樣，這天性勇敢、力大無窮的伊瑟瑞德所喝下的酒產生的作用，讓他認為像這樣頑固又心眼壞的隱者討好他也沒什麼用。何況戶外風雨直下，颶風似乎即將來臨，因此他拿起矛往隱士家大門猛刺，那乾枯的木門爆裂聲響遍了整個森林。」

讀完這一句，我突然停下。因為這時——我認為是那種興奮的幻想使我有了這樣的感覺——隱約響起了坎寧爵士所詳細描寫的木頭爆裂聲。當然，我的感覺只是偶然的巧合罷了，因為窗框上吱吱作響以及逐漸增大的颶風噪音中，應該沒有包括會引起我注意的聲音及擾亂我內心的東西才對。

因此，我繼續唸著：「……勇敢的伊瑟瑞德踏入屋內，卻沒瞧見那可惡的隱者身影。而那黃金建成的屋前銀色樓梯上，蹲著一隻世上僅見的巨蟒，牠身上的鱗片閃閃發光，正吐著可怕的舌。牆上掛了一塊光芒四射的銅盾，上面刻著『能進入這裡的就是勝利者！能夠殺死巨蟒的就能得到此盾！』於是伊瑟瑞德拿起矛朝那巨蟒刺去，巨蟒立刻倒在他腳下，嚥下最後一口毒氣。牠臨死前那恐怖、尖銳、拖著長長尾音的慘叫聲，直入人心……」

唸到這裡，正與我讀到那巨蟒臨死前慘嚎時，心中所幻想的聲音一般，我彷彿聽到了那巨蟒的慘叫聲。

第二個令人無法置信的巧合，使我感到又驚又懼！但我又不敢表現出異常的舉動，深怕刺激到亞夏過於敏感的神經，只好維持著如常鎮靜的模樣。究竟他有沒有聽見那怪聲，我不曉得。但毫無疑問，那一瞬間，他的舉動有了顯著的變化。

一開始，亞夏坐在我對面，可是在我讀著故事的時候，他慢慢將椅子轉動了方向……臉朝向門口，因此我只能看見他的側面。他的嘴呢喃發著囈語，我雖聽不清楚，卻看得出他的嘴顫抖著。亞夏低著頭，但眼睛睜得大大的，我知道他沒有睡著，於是拿起小說讀了下去：「伊瑟瑞德征服了憤怒的巨蟒後，便想將盾上的咒語解開。於是將巨蟒的屍體推向一旁。當他很勇敢地走進掛有盾的牆時，那盾竟發出了嗡嗡聲，沒等他伸手，就掉落在他腳跟前……」

當這句話剛從我嘴邊說出……那一剎那間，真的有盾落下的聲音，嚇得我從椅子上彈起，全身顫抖，我幾乎嚇破膽了。但亞夏卻仍坐在椅子上，身體不自然地搖動著。我迅速逼近亞夏的身旁，發現他雙眼直視前方，臉部表情僵如化石。當我將手放在他肩上時，他突然全身激動地抖了起來，唇邊浮現了一抹病態的微笑，著急地含糊低語，完全無視於我的存在。我湊近他，終於聽到他所說的話：

「沒聽見嗎？不，聽見了，現在還聽得到，持續很久了……幾分鐘、幾小時、幾天了！我都聽見了……可是我不敢哪！我那麼可憐！我不敢……不敢說出來！我們將她活生生放進墳墓裡！知道我的感覺很敏銳吧！知道嗎？當她從地下室的棺木裡開始甦醒時，我就聽到了，好幾天前就聽到，可是我不敢啊……不敢說出來！但現在……今晚……伊瑟瑞德……哈哈哈……隱者家門的爆破聲、巨蟒臨死前慘嚎聲以及盾落地的聲響，不如說是她破壞棺木、拉開門鏈和地下室鐵門聲來得恰當。啊！往哪裡跑好呢？她是不是馬上到這裡來？現在不就已經聽到她上樓梯的腳步聲了嗎？難道我會不清楚她那沉重、恐怖的心臟鼓動聲嗎？唉！瘋子！」

說到這裡，亞夏突然彈跳起來，在瀕死的苦悶中叫喊著：「我告訴你，她現在就站在門外！」

他的話不可思議地準確，就在那一瞬間，他所指的那扇古老沉重的黑檀木大門悄悄被推開，那是強風所致。但門外，穿著屍衣、高個子的瑪德琳就站在那裡。她的衣服沾滿了血跡，從她骨瘦如柴的身軀不難察覺劇烈掙扎的痕跡。她跌跌撞撞地走了進來，過了一會，她發出一聲低沉悲鳴，隨後重重跌在她哥哥的身上，將已經崩潰的亞夏壓倒在地，他已然成為一具屍體——亞夏正如自己預言般，因恐怖驚嚇而犧牲了。

一旁嚇呆的我，拔腿逃出這棟屋宅。當我通過鋪石地時，那屋外的颶風正發揮凶猛的威力。突然，沿著小徑出現了一道詭譎的光，我想看清楚這光從何而來，於是轉過頭，亞夏家巨大的宅邸與屋影在我身後，那道光就是充滿血色的滿月之光，正從亞夏家的屋脊，蜿蜒到沼澤那條裂縫投射而來。

當我注視這道裂縫時，那裂縫正慢慢擴大，一陣旋風撲來，這輪血紅圓月映我眼簾……我一陣暈眩的當下，卻見那古宅崩塌，恍如幾千萬波濤怒吼狂嘯。爾後，那烏黑深沉的沼澤就這樣陰沉沉地吞噬了亞夏家整片宅邸。

The Murders in the Rue Morgue

莫爾格街凶殺案

A.D. 1841

雖然再度傳喚數位證人，但案情仍未有其他進展與進一步線索。這樁如此神祕離奇的凶殺案，在巴黎前所未聞……假如這真是一樁凶殺案的話。

一般人談及人類心智的特色時，多半認為它們是具有分析的功用，但是其實心智本身卻是沒有分析能力，我們不過是欣賞心智的結果與影響罷了。從許多事情得知，人類的心智是屬於它們的所有人，對於那些擁有極高智慧的人而言，這即是他們享有最大樂趣的來源。好比體格強健的人對自己的體能感到狂喜，樂於鍛鍊自己的肌肉，對那些善於分析的人來說，他們也會在猜謎活動中獲得至高無上的快樂，即便遇上非常瑣碎的事，也能因施展天分而獲得樂趣。

這種人熱愛謎團、酷愛難題，更愛難以理解的文字與符號。此外，還喜歡把自己不同程度的敏銳，展現在每次解答過程中，這在一般人的理解力看來，簡直就是不可思議的事。

事實上，藉由分析法之精粹要義所得之結果，其中確實有一絲全憑直覺解謎的意味。

藉由數學研究，尤其最高分支的解析學，或許可能大幅提升解決問題的能力。不過因為這是從逆算法衍生而來的，看來似乎是很出類拔萃的方法，但解析學這個名稱卻似乎取得不太恰當。因為，計算本身並不會有分析的動作。

舉例說明吧！一個棋手可能只會計算，卻未必會用心分析。由此可知，一般人著實誤解了下棋可以影響心智個性的看法。

我現在並不是要以此主題寫一篇論文，只是想利用平日偶得的些許觀察，替一個有點特別的故事做個開場白。因此，我想藉此機會提出一項主張——那就是，樸實的西洋象棋，要比複雜精美的象棋更能有效、更明確地考驗人類較高層級的思考能力。

在象棋的世界裡，每顆棋子不盡相同，每步棋的走法也不一樣，因而各有多樣的價值。因此一般人都誤以為象棋很深奧，其實不然，它只是比較複雜而已。

下象棋時，最重要的就是全神貫注，假如稍有閃神或不注意，容易出差錯，導致盤勢不利或因此敗北。

象棋的走法不僅多樣化，還非常錯綜複雜，出錯的機會也相對較多。十之八九，獲勝的一方總是那個精神較為專注的棋手，而不是思考敏銳的人。

反之，西洋跳棋裡，每顆棋子的走法都很獨特，沒什麼變化可言，所以發生疏忽或失誤的可能性就降低了，所須耗費的注意力也相對減少，棋手要取勝的關鍵便在於是否比對手擁有更為敏銳的判斷力。說得具體一點，我們假設有一盤雙方棋手都只剩下四顆王棋的棋局，當然在這種情況下，是不會有什麼意外疏失可言。雙方旗鼓相當的情況下，若想獲得勝利，顯然要善用智力，找到特有的走法才行。在施以普通使倆時，善於分析的人就會讓自己融入對方思緒裡，站在對方的立場思考，便可以輕易地一眼看出對方唯一布局的棋法（有時候確實是簡單至極的一步棋），並藉以引誘對手犯錯，或是讓對方在不經意的情況下估算錯誤。

惠斯特牌——橋牌的前身，始於十六世紀的英國——一直以來就以對於計算能力有所影響而聞名。凡擁有超高智力的人，沒有不從這種牌戲中獲得極大樂趣的。象棋對他們來說，簡直就是無聊膚淺的遊戲，因而敬而遠之。無疑地，再也沒有其他類似遊戲，能像惠斯特牌一樣，需要如此高等的分析能力了。

基督教國家裡最棒的象棋棋手，也不過是一位象棋高手罷了；但精通惠斯特牌的人，意味著其擁有足以在所有更為重要險惡的事業中稱霸群雄的能力。

我在此所指的精通，是指在合理的優勢裡，能夠理解一個包含所有消息和資訊的遊戲。這些資訊不僅多樣化，型態還繁雜不一，通常潛藏在一般人難以觸及的思維深處，只要全神貫注地觀察，便能清楚牢記。因此，到目前為止，一個注意力集中的象棋棋手，能夠將惠斯特牌打得很好，也能全盤瞭解霍愛爾[1]所提及的依照遊戲技巧所訂之紙牌遊戲規則。

一般而言，擁有不錯的記性，再搭配遊戲「規則」行事，便是一個好牌手所要具備的特質。但是，善於分析者得以證明其能力時，往往是在那些發生在規則以外的情況下，不發一語地進行觀察，然後推論結果。

大家做同樣一件事，成就差別在於所獲取的資訊不同。重點不在於推論結果正確與否，而在於個人的觀察能力——要觀察什麼才是一門必修的學識。

牌手絕不能畫地自限，不能因為自己正在打牌，而忽略了推斷牌局以外的事。牌手必須審視自己搭檔的臉色與表情，仔細與對手的每個表情比較；必須考慮每個人將手上紙牌分類的方法，透過每個人望著手中紙牌的眼神與表情，計算對方到底有幾張王牌或是大牌，也就是價值最高的牌。

在牌局進行的過程裡，他要記住每一個人的每一種表情變化，從自信、驚訝、得意、高興或懊悔等不同表情，蒐集可供思考的資料。牌手可以從贏家收牌的神情，判斷自己能否贏得一場牌戲；從別人擲牌於桌的模樣，來揣測是否為佯裝虛擊的把戲；一句漫不經心或隨口脫出的話、一張不小心掉落或翻過來的紙牌，以及為了掩飾出現在牌局中的焦慮或粗心大意的態度、數著贏得的牌數，或是排列整理他們牌墩的方式……難堪、困窘、遲疑、急切或是不安都足以憑直覺或洞察力以做佐證，更能表明整場牌局的實際狀況。經過兩、三圈牌局後，便要完全掌握各家手中的牌，因此可以絕對精準地出牌，好像其他對手的牌都攤於面前般。

這種分析能力，其實不該與小小的機智混淆。因為善於分析者自然足智多謀，但是足智多謀者卻不見得善於分析。靈巧機智經常展現出的推定或綜合能力，常被命相學家歸類為一個獨立的器官——我認為這是錯誤的說法——認為它們是被自然賦予的能力，這種能力在那些智商幾近白癡的人身上時有所見，因而吸引了精神道德作家的觀察。

機智與分析能力間確實存在著一道藩籬，這種差異遠比幻想與想像還大，但是兩者的特質極為相似。事實上，我們會發現，機智的人往往富於幻想，而真正的想像力卻與分析能力並無二異。

下面所要敘述的這個故事，多少可為前述的論點做一個評註，可供讀者們參考對照。

十九世紀春夏之際，我住在巴黎，在此結交一位名叫Ｃ．奧古斯特．杜賓的先生。

這位年輕紳士其實出身自傑出顯赫的家族，但在遭遇了種種不順遂的變故後家道中落，貧窮的窘境使他不得不向現實低頭，也因此變得鬱鬱寡歡，欲振乏力，更無心挽回家業與個人財富。

在債權人的好意協助下，他得以保有一小部分的祖產與遺產，若省吃儉用，不為買些奢侈品而煩惱的話，這些錢還夠他維持生活基本需求。不過實際上，他唯一的奢侈品只是書——這些東西在巴黎隨處可及。

我們第一次見面，就是在蒙馬特街上一座昏暗的圖書館裡，我們兩人都恰好在找一本非常罕見又特別的書，這樣的巧合打開了彼此的話匣子。

我們你來我往、持續地互相拜訪彼此。他誠實地向我陳述了他那一段小小的家族歷史，使我很感興趣——法國人只要一聊到自己，就會有說不完的話題。

此外，我也詫異於其如此廣博的閱讀範圍，尤其是他想像力所表達出來的狂熱與生動逼真，讓我覺得自己的靈魂每每隨之起舞。

因為當時我正在巴黎找些東西，我心想若能有像他這樣的朋友為伴，無異是無價之寶，於是我索性將這個想法告訴他。最後我們做出結論，在我待在這城市的這段期間，我們住在一起。因為我手頭比他稍寬裕些，所以同意由我來支付房租費用，兩人合力將房子布置一番，風格頗符合我們甚為荒誕陰沉的氣質。

我們在偏僻荒遠的聖熱耳曼地區，租了一棟搖搖欲墜的房子。因年代久遠，房子的外觀遭風雨侵蝕得很嚴重，氣氛也顯得詭異，傳說這房子荒廢許久無人居住，不過我們並沒有追查此疑問。

如果有人知道我們在這裡過的是怎樣的生活，一定會將我們當作瘋子看待——兩個無害的瘋子！

我們完全與世隔絕，不讓任何訪客打擾我們的生活，兩人誰也沒向昔日舊友透露目前隱居的地點。多年來，巴黎人早就不再提起或者早已遺忘杜賓了，於是我們過著只有彼此的孤獨生活。

我這個朋友有個很怪的癖好——除此之外，我還能怎麼形容呢？——他不可自拔地迷戀黑夜，無形中，我也染上這種怪癖，就好像自己掉進他人的癖好裡，我完全陷入他狂野的幻想中。

黑暗之神當然不會一直陪伴著我們，但我們還是可以假裝祂的存在。

旭日乍現之際，我們會把老宅裡所有厚重的百葉窗都放下，點上兩盞加了濃烈香料的小蠟燭，讓幽暗的屋內投射出恍若陰間般蒼白微弱的光線。在幽暗光線輔助下，我們的靈魂沉浸在這如夢似幻的氣氛裡……閱讀、寫作、交談，直到鐘聲提醒我們，真正黑夜的到來。我們手挽著手上街，繼續聊著白天未完的話題，或是在這光線與陰影交錯的擁擠城市裡，漫無目的地四處遊蕩直至深夜，找尋只有透過默默觀察才能得到的精神極致快感。

這種時候，我實在不得不佩服杜賓奇特的分析能力——雖然早就從他那豐富的想像力中，預期他會有此本領。

杜賓看來似乎挺熱愛這種分析思考活動——如果他沒有故意賣弄的話。他大方承認自己確實從中獲得極大樂趣，杜賓低聲輕笑地向我吹噓表示，對他而言，大多數人胸口彷彿開了扇窗似的，他慣於利用自己對我的深入瞭解，提出直接又十分駭人的證據來印證他的說法。

每當遇到這種情況時，杜賓的態度既冷淡又深奧難懂，雙眼空洞無神，他的聲音會從原本高亢的男高音，轉變成尖銳刺耳的聲音，若非他態度從容不迫、說話有條不紊的話，否則聽來著實有些許傲慢無理。我只要一看到他這些神態與情緒，就會想起關於雙重靈魂的古老哲學，想像著兩個杜賓的出現——一個富創造力，一個善於分析——以此自娛。

您千萬別以為我上述的事情，隱藏著什麼神祕難解的事，或是在寫什麼浪漫小說。我只不過是描寫這位法國人在情緒激動時、或病懨懨時的理解力罷了。不過言及於此，我倒可以舉個例子清楚說明杜賓言辭談吐的特色。

某天晚上，我們結伴在皇宮附近一條狹長且骯髒的街道上蹓躂。當時我們兩人顯然都各有所思，因此至少有十五分鐘的時間，彼此沉默著。

突然間，杜賓打破沉默，說了幾句話：

「說實在的，他真是個小矮人，叫他去馬戲團表演可能還好些。」

「你說得一點都沒錯！」我不經意地回答他的問題，一開始我並沒有特別注意，因為我太過專注在自己的思緒了！但詭異的是說話者所言竟完全吻合我的思緒。過了一會，我的思緒回到現實，不禁為此驚愕不已。

「杜賓！」我嚴肅地說道：「這已經超出我所能理解的範圍了。我居然毫不猶豫地回答你，真是太令人驚訝了！我幾乎不敢相信自己的意識。你怎麼可能知道我正在想……」我就此打住，想弄清楚他是不是真的知道我剛才所想的人是誰。

「……想到了尚特里，」杜賓說道：「你幹嘛話說到一半就不說了？你在心裡對自己說：那個矮子實在不適合悲劇。」

他所說的正是我剛才心裡所想的事。

尚特里原本是聖德尼街一名補鞋匠，後來瘋狂迷上了戲劇表演，他曾試著扮演克雷比榮悲劇裡澤克西斯的角色，雖然很努力地揣摩，卻飽受譏諷，落得聲名狼藉的下場。

「我的老天！你一定要告訴我……」我大聲叫嚷著：「你到底用了什麼方法？如果真有方法可循，你究竟怎麼看穿我、甚至猜透我的心事？」

事實上，我受到相當大的驚嚇，不過我不願讓他知道。

「是那個水果商！」我的朋友回答：「是他使你推斷出這樣的結論，你認為那個補鞋匠不夠高，不適合扮演澤克西斯或類似的角色。」

「水果商？你在說什麼啊？我根本不認識什麼賣水果的商人啊！」

「就是在我們走進這條街時，差點撞倒你的那個人啊！大概十五分鐘前的事情。」

我現在終於想起來，當我們從尚××街走進目前所在的這條街時，有個頭頂著一大籃蘋果的水果商，差點不小心撞倒我。但我實在想不透這跟尚特里有什麼關係。

杜賓看來一點都不像在騙人。

「我會解釋的，那麼你就可以清楚明白整個過程，首先將你的思緒回溯到我們開始說話的時候，一直到我們剛才談論的那個水果商為止。其中有幾個比較重要的環節，應該是尚特里、獵戶星座、尼可拉斯博士、古希臘哲學家伊比鳩魯[2]、固體截斷術[3]、街石以及水果商。」

人生中的幾個特別的時刻，當回溯著自己心裡已知曉的特殊結論時，很少有人會不以此自娛。

這種事往往充滿樂趣！第一次嘗試的人總訝異於起點與目的地之間無窮的距離與無條理的情境。因此，當我聽到這位法國人說出的話，實在不得不承認他所言屬實，讓我驚愕不已。

杜賓繼續說道：

「假如我沒記錯的話，在我們要離開尚××街時，談話的主題正是馬。這是我們討論的最後一個話題。正當我們要走進現在身處的這條街時，有個水果商人，頭頂著一大籃的水果，匆忙經過我們身邊，旁邊剛好有一條待修的砌道，附近堆滿了鋪地用的石塊，他把你擠到石頭堆，而你一腳踩上一塊鬆散的石塊碎片，滑了一跤，扭到腳踝，為此繃著臉生氣，然後你轉身對著那堆石塊嘟囔了幾句，然後悶不吭聲地往前走。當時我並沒有特別注意你的一舉一動，只是，觀察最近已經成了我生活的一部分了。

「你的眼睛直盯著地上看……臉上帶著不悅的表情，看著那些已經鋪好的砌道上的坑洞與車輪輾過的痕跡，我知道你還在想那些石塊的事，直到我們走進那條叫做拉馬丁的小巷子。這條小巷子已經以實驗性質鋪好了石塊，還鋪上了重疊交錯、用鉚釘釘牢的模板，這時你的臉色和緩許多，我發現你的嘴唇動了幾下，並確定你正唸著『固體截斷術』這個單詞，把這個字用在鋪路種類，顯得有點做作。我知道，當你喃喃自語著『固體截斷術』時，心裡一定是想到原子，然後又會想到伊比鳩魯理論。不久前，當我們在討論這個話題時，我就跟你講過，後來星雲狀宇宙開創論竟然證實了這位希臘哲學家當初所做的一些模糊推測，這事如此特別，卻很少有人會注意，我覺得你一定會抬頭看看獵戶星座那一大片星雲，我希望你能這麼做。結果你真的抬頭望天了，就在同時我也確信我掌握了你的思緒。

「不過，昨天出版的《博物院》那篇挖苦尚特里的攻擊性文章裡，作者譏諷這個補鞋匠，還引用了一些有失體面的暗示，嘲諷他換了一雙高統靴，還改了名字。作者還引用了一行我們常提到的拉丁詩文。我指的是這一句：

首位字母不發原有音

我曾經告訴你，這是一句與獵戶星座有關的一行詩，獵戶星座（Orion）原本寫作Urion，當時我在解釋這件事時，語氣有些辛辣，我想你應該還記得才對。你應該會把獵戶星座與尚特里聯想在一起，這一點無庸置疑。當我看到你唇上那一抹微笑時，便知道你把這兩件事串連一起了。你認為這個可憐的補鞋匠是個被犧牲者。到目前為止，你都以彎腰駝背的姿勢行走，可是現在我看到你挺直了身體，猜想你一定是想起了尚特里那個矮子。我就是在這時打斷你的思緒，說他的身材的確太矮小了——指尚特里——叫他去馬戲團表演可能還好些。」

不久後，我們翻閱了一份《判決彙報》，有幾段文章吸引了我們的注意力：

「驚人凶殺案」……今天凌晨三點鐘左右，聖羅克區的居民被一陣恐怖的尖叫聲驚醒，這個尖叫聲顯然是從莫爾格街上一棟房子的四樓傳來的，據說這棟房子為萊斯龐奈耶太太，以及她女兒卡蜜爾・萊斯龐奈耶小姐所居住。因為大家沒辦法以正常方式進入屋內，救援時間稍有耽擱，最後只好用鐵鍬撬開門，大約八至十名的鄰居在兩位警察陪同下，一起進入屋內，這時尖叫聲已經停止。不過，當一行人飛奔至第一層階梯時，樓上傳來了至少兩個人以上的憤怒爭吵聲。待大家跑到第二層階梯的時候，爭執聲已經平息，房內陷入一片死寂。一行人各自分散，連忙一間間房間仔細搜查。後來搜到了四樓後面一間大房間時——這個房間的門從裡面鎖上，因為鑰匙在房內，因此大家破門而入——裡面的情形著實令在場的每個人大吃一驚、毛骨悚然。

公寓房內彷彿剛經歷了一場地震般的凌亂……家具被損毀且棄置四周。房內只有一個床架，床鋪已經被丟在地板中央，旁邊一張椅子上放著一把剃刀，上面沾滿了血跡。壁爐上有兩、三撮灰長的人類毛髮，上面也沾染了血，看來似乎是被連根拔起。

地板上找到四枚拿破崙時代的金幣、一只黃水晶耳環、三把大銀匙、三把小的阿爾及爾銀湯匙，還有兩個袋子，袋內裝了將近四千枚的法郎。房間角落有一只衣櫥，抽屜全被打開，裡面的東西早洗劫一空，不過還剩下不少東西。眾人在床墊底下（不是床架下）發現了一個小型鐵製保險箱。保險箱已經被打開了，鑰匙還插在鎖孔上，保險箱裡除了幾封破舊信件與一些不重要的文件外，別無他物。

房裡沒有萊斯龐奈耶太太的蹤影。但壁爐內發現了一些奇怪的煤灰，於是眾人搜索煙囪，這時，卻看到——說來真是太恐怖了！——她女兒的屍體，頭朝下被拖了出來，屍體被硬塞到距離煙囪有一段距離的狹窄隙縫裡。屍體還有餘溫……仔細檢查後，發現死者身上有多處擦傷痕跡，想必一定是被硬塞入煙囪內、以及拖出來的力道弄傷的。死者的臉部有多處嚴重抓傷，喉嚨上有一塊瘀青與深深凹陷的指印，看來死者可能是被勒斃窒息的。

大家又再搜查了一遍房子，不過沒有任何新發現，一行人最後來到屋後一個鋪上磚塊的小院子裡察看，發現了老太太的屍體，她的喉嚨被完全割斷，當眾人試圖扶起死者的屍體時，她的頭竟然掉了下來。死者的身體跟頭部均有嚴重的割傷……屍體毀損的程度很嚴重，幾乎無法辨識出人形。

「我們認為，這個駭人聽聞的凶殺謎團，至今毫無線索可循。」

隔天，報紙上又刊登了有關這個案件的詳細情況。

「莫爾格街慘案」……所有與此離奇、恐怖事件之相關人士均遭傳訊。

順道一提，「事件」這個單字在法文裡的意思，並不像我們所想的那樣輕率。

但尚未取得任何可能破案的線索。本報將偵訊過程中所得之所有供詞刊載於下。

「寶琳・杜堡，洗衣婦，宣誓作證與死者母女相識三年之久，這段期間一直替她們洗衣服。老太太與女兒的感情融洽，相處甚歡。她們出手闊綽，洗衣費給得不少。無法說明她們賴以維生的方式及收入為何。她認為萊斯龐奈耶太太是個算命師，據說手上有不少積蓄。前去收取衣物時，從沒見過屋裡還有其他人，確定她們沒有雇用傭人。除了四樓以外，屋內其他樓層都沒有擺設任何家具。」

「皮耶・莫羅，菸草商，宣誓作證他在過去四年內，習慣性賣少量菸草與鼻煙給萊斯龐奈耶太太。他生長於此地。死者與她女兒在陳屍地點的房子至少住了六年以上。之前住的是一名珠寶商，他將樓上的房間分租。這棟房子是萊斯龐奈耶太太的財產，她不滿房客任意分租她的房子，於是決定自己住，不出租任何房間給任何人。老太太有點孩子氣！過去六年間，證人曾見過她女兒五、六次左右。母女兩人過著幾乎隱士般的生活……據說相當富有。證人曾聽鄰居說萊斯龐奈耶太太以算命維生，不過並不認同這項說法。除了老太太與她女兒之外，只看過一名挑夫進屋一、兩次，醫生進屋約八或十次，除此之外沒見過其他人進到那棟房屋了。

「一些相關人士與鄰居的供詞大致相同。從沒見過有人經常出入這棟宅子。

至於萊斯龐奈耶太太與她的女兒有無任何親戚，無人知情。房子前方的百葉窗很少打開。後面的百葉窗也從沒開過，但四樓後面大房間的窗戶例外。這棟房子稱得上是不錯的房子，屋齡也不會太久。

「伊西朵爾・米賽，警官，作證表示在凌晨三點鐘左右，被叫到這棟出事屋宅前，發現門口聚集了約二、三十個人，他們試圖要進入屋內。眾人最後用刺刀破門進入，不是用鐵鍬。因為宅子的門是雙扇門而且還是摺門的關係，門沒被拴上，所以眾人並未費太大力氣便將門打開了。尖叫聲一直持續到大家破門而入後才突然停住。這時聽到有人，或者是幾個人，因為極度痛苦而慘叫……慘叫聲響亮持久，並非短而急促。證人領著大家上樓。爬到第一層階梯時，聽到兩人的聲音正高聲爭論不休。其中一人聲音粗啞，另一人則較尖銳刺耳——是一種非常奇怪的聲音。大概可以辨識出前者所說的幾個字，那是個法國佬！非常肯定不是女人聲音。可以聽到『該死』與『魔鬼』這兩個字。聲音較為尖銳者應該是個外國人！不過，不能確定說話者是男或女，也無法辨別這個人到底說了什麼，但初步認為這個人說的語言為西班牙語。這位證人描述的房內情況以及屍體狀態，都與本刊昨日報導相同。

「亨利・杜瓦，鄰居，職業是一名銀器匠，作證表示他尾隨第一批人進入屋內。證明米賽警官所言屬實。當他們破門進入屋內，立刻把門關上，阻隔圍觀民眾，當時夜已深，但仍聚集了不少好奇圍觀的民眾。證人認為聲音尖銳者應該是個義大利人，確定並非法國佬，不過不確定是否是男人的聲音，也有可能是女人聲音。證人不懂義大利語，所以不知道兩人談話的內容，不過從那人說話的語氣判斷，應該是義大利人沒錯！他熟識死者萊斯龐奈耶太太與她女兒，常與她們母女倆聊天，因此確定尖銳的聲音絕不是出於兩名死者任何一位。

「奧當埃梅爾，餐廳老闆。這名證人表明自願作證。他不會說法語，透過翻譯員接受警方的偵訊。證人原籍是荷蘭的阿姆斯特丹。當屋內發出尖叫聲時剛好經過該處。尖叫聲持續了好幾分鐘，大概有十分鐘之久，尖叫聲又長又響亮，聽來可怕、痛苦。他是當時進入屋內的眾人之一，所供述的證詞與前一位證人相符合，不過有一點除外。他確定尖叫聲來自於一名男子，一名法國男子，聽不清楚說話的內容。說話者的聲音又大聲又快速，而且不平均，說話者顯然很生氣也很害怕。那個聲音很刺耳，與其說尖銳，倒不如說刺耳還比較正確。粗暴的聲音一直重複說著『該死』跟『魔鬼』兩個字，還說了一次的『天啊！』。

「朱爾斯・米尼歐，銀行業者，德洛蘭納街米尼歐父子銀行的老闆，證人為老米尼歐。他表示萊斯龐奈耶太太有一些財產。大約在八年前的春天，老太太在他的銀行開了一個帳戶。經常存入少量金額的錢。她從未提過款，直到遇害前三天，她親自到銀行領走了所有存款，共計四千法郎。這筆金額以金幣支付，並且派了一位職員送她回家。

「阿道夫・勒邦，德洛蘭納街米尼歐父子銀行的職員，作證表示在老太太提款當日正午，他帶著分裝成兩袋的四千法郎金幣，陪萊斯龐奈耶老太太回家。門打開之際，萊斯龐奈耶小姐出現，從他手上接過裝金幣的一只袋子，老太太則拿著另一只袋子。然後他就鞠躬告退了。當時並沒有在街上看到任何人。那棟屋宅位於如此偏僻的街道，一直都是人煙罕至。

「威廉・博得，裁縫師，宣誓作證他也是案發當時進入屋內的眾多民眾之一。證人為英國人，住在巴黎兩年時間。他是第一批上樓的人，途中聽到有人爭執的聲音。聲音粗暴者應為法國人。聽懂了幾個字，但現在想不起來了。清楚聽見『該死』跟『天啊』兩個字。證人當時似乎還聽到有幾個人打鬥聲與一陣混亂扭打的聲音。尖銳的聲音非常響亮……比粗暴的聲音還要大聲。非常確定不是來自於英國人，有可能是德國人，也有可能是女人的聲音。證人不諳德語。」

上述列舉的四名證人被再度傳訊後均作證表示，當他們到達發現萊斯龐奈耶小姐屍體的房間時，房門是從裡面上鎖的。四周一片寂靜……沒有呻吟聲，也沒有任何噪音。當大家破門而入，並未發現任何蹤影。前後房間的窗戶都關著，且是從裡面上鎖的。前後相通的房門關起來，不過並未上鎖。前面房間通往走廊的房門被鎖了起來，鑰匙還插在鎖孔上。房子前面四樓的走廊前端有間小房間，房門半開著。這房間擺滿了舊床墊、盒子等東西，眾人小心翼翼搬開這些物品，仔細搜查整個房間。這棟房子的每個地方都被仔細搜查過了，也用掃把將煙囪下清理過。

這是一棟四層樓的房子，頂樓還有間閣樓。屋頂上的天窗被釘子釘得牢牢的……看來已經好幾年沒打開過的樣子。另外，從聽到爭執聲到撞開房門之間究竟花了多少時間，大家眾說紛紜，有人說只有三分鐘之短、有人卻說長達五分鐘之久。那扇門的確花了不少力氣才被打開。

「阿爾豐索．加里奧，殯葬業者，作證表示他住在莫爾格街。是一名西班牙人，也是當時進入屋內的民眾之一，不過並沒有跟上樓。他很緊張，知道自己看到命案現場會受不了。他聽到了有人爭執的聲音，聲音粗暴者是個法國佬，但無法辨識說話的內容；聲音尖銳者應為英國人……證人十分確定。證人不懂英語，他是由語調判斷得知。

「阿爾伯托．蒙塔尼，糖果商人，作證表示自己是第一批上樓的民眾之一。聽到前一位證人所說的聲音，聲音粗暴者為法國佬，辨識出幾個字，說話者似乎在勸告些什麼，但無法聽清楚聲音尖銳者的說話內容，說話的速度相當快，而且語調不平均。證人猜想可能是俄國人的聲音。其他證詞與其他證人所言一致。證人為一位義大利人，從未有與俄國人交談的經驗。」

數位證人經傳訊後一致表示，四樓每個房間裡的煙囪都非常狹窄，一般人根本無法通過。之前所提到的掃帚，是指清潔煙囪工人所使用的圓柱狀刷子，而且已經用這種掃帚掃過屋內每條煙道了。若有人要上樓，就沒有多餘通道可供他人下樓。

萊斯龐奈耶小姐的屍體被牢牢塞入狹窄煙囪內，四、五個人費盡了力氣，才將她的屍體拖出來。

「保羅・迪馬，醫生，作證表示，他破曉時分之際被人叫來這裡驗屍。兩具屍體被置於床架粗麻布上，停放在當時發現萊斯龐奈耶小姐的房間裡。年輕的小姐身上有多處瘀青與擦傷，顯示她是被強行倒塞入煙囪，所以才有那麼多的傷痕；喉頭處有嚴重擦傷，下巴以下部位有幾道很深的抓痕；另外也有數塊瘀青，很明顯是手指掐陷的痕跡；死者的臉部嚴重變色，眼睛突出，部分舌頭被咬斷了，腹部有一大塊瘀青，很明顯是膝蓋壓擠所致。根據迪馬醫生的看法，萊斯龐奈耶小姐應該是被一名或數名不明人士勒斃。至於老太太的屍體則是被殘忍地支解，右腿骨和右手骨都碎得差不多，左脛骨裂，左肋骨也斷了，身上盡是可怕的瘀傷，而且已變色。很難解釋是什麼樣的力量造成這樣的傷痕，假如一個強壯的人，揮舞著大木棍，或大鐵條，甚至一張椅子、任何大型笨重的武器，可能會造成這樣的結果……但沒有任何一個女人可以用任何武器弄出這種傷痕。證人驗屍時，死者的頭部與身體已經完全分離，支離破碎。喉嚨顯然是遭利器割斷……很可能是剃刀。

「亞歷山大・艾帝安，外科醫生，同時與迪馬醫生被叫來驗屍。他的證詞與看法都跟迪馬醫生一樣。」

雖然再度傳喚數位證人，但案情仍未有其他進展與進一步線索。這樁如此神祕離奇的凶殺案，在巴黎前所未聞……假如這真是一樁凶殺案的話。

警方目前仍毫無進展頭緒……對此性質的案子來說，這種情況十分罕見，至今毫無破案曙光。

這家報紙的晚報報導，聖羅克區仍處於極騷動的狀態。警方仔細搜查了凶宅，證人也都經過重新審訊，不過仍一無所獲。然而，報紙附錄中提到，阿道夫・勒邦已遭逮捕入獄……雖然除了前述所及的事實外，並無其他直接證據可將他定罪。

杜賓對這件凶案的發展似乎特別感興趣，雖然他並未發表任何評論，但我從他的態度研判應該如此。直到阿道夫・勒邦被捕入獄的消息上報後，他才問我對這樁凶殺案有何看法。我只能表示同意巴黎市警方與民眾的看法，假設這是一樁神祕難解的謎案。我實在看不出有任何方法能夠找到破案線索。

「我們不能單憑他們審問的結果，」杜賓說道：「這樣是無法斷定的。大家都稱讚巴黎警方聰明，但他們除了狡猾，沒什麼特長。他們在辦案時，除了現行方法外，也無他法可行。總是向外誇耀自己有一大堆措施，但是這些措施卻用錯了地方，不禁讓我想起汝爾丹先生叫人來拿睡衣，以便能更舒服聆聽音樂的故事。他們雖然也常有不錯或令人驚喜的斬獲，不過那大多是因單純的勤勞與行動所致。當上述方法都無效時，他們也就無計可施了。

「就拿法國名偵探維克多為例，他是個善於推理，性格堅忍固執的人，但就是沒受過邏輯思考的訓練，始終把焦點擺在偵察行動，才會不斷犯錯。他將目標放得太近，反而影響了自己的洞察力。或許一、兩件事他可以看得清楚透澈，但同時也失去了全盤觀察的洞悉力。如此，事情的意義就過於深遠。

「真理不會永陷井底。事實上，我認為重要的知識一定是淺顯易懂的。知識的深奧，在於我們找尋的幽谷裡，而非山頂。我們可以以仰望天體的例子說明這種錯誤的方法與來源。用眼睛仰望著天空的繁星……用斜眼的方式觀察，將視網膜的外圍對著它，因外圍部分比內側更能感受微弱光線，因此便能清楚看見星星，欣賞到它無懈可擊的完美光芒；但當我們全神貫注看著星星時，它的光芒便會成比例的逐漸模糊。後者的情況，投射在眼睛裡的光線確實比前者多，但前者卻有比後者更為精粹的領悟力。太過深奧難解的事物，只會使我們的思考力變得複雜虛弱。假如一直認真盯著星星瞧，或是太直接面對著它，即便是耀眼閃亮的金星，都可能從空中消失。

「關於這一樁凶殺案，我們不妨在提出任何意見之前，親自實地考察一番。這種實際調查的經驗，一定會很有趣……」

我覺得他的用語有點詭異，不過我沒多加辯駁。

「此外，勒邦先生曾助我一臂之力，我想趁此機會報答他。我們親自去看看這棟凶宅，我認識巴黎警局局長G，應該不必耗費太大功夫就可以拿到進出許可了。」

我們一經允許，便立刻前往莫爾格街。

這條街位在里舍利克街與聖羅克街之間，是幾條著名的殘破街道之一。事故發生的這一區離我們居住的地方滿遠的，因此抵達時已是傍晚時分。

我們很快找到凶宅，因為對街還聚集了不少好奇、愛看熱鬧的民眾，正抬頭看著緊閉著的百葉窗。

凶宅是一棟極平常的巴黎式建築物，門口有一條通道，大門一側有間鑲著玻璃的門房，門房窗上有一塊可以滑動的板子，上面寫著「門房」兩字。

我們進屋前，先走到街上，轉彎繞進小巷，再轉進凶宅後方，杜賓這時候非常仔細地環顧了周遭的環境以及這棟房子，我猜不透這麼仔細的目的何在。

我們往回走向大門，按了門鈴後出示證件，於是看管人員讓我們進入屋裡。我們上樓來到發現萊斯龐奈耶小姐屍體的房間，也是停放兩具屍體的所在地。房間仍維持著原來的凌亂模樣，除了《判決彙報》上所刊載的細節外，實在找不出任何新線索。杜賓仔細觀察房裡每件東西，包括受害者的遺體，也搜查了其他房間，繞道到後院勘查。這段期間一直有位警官陪同我們，直到天黑入夜，我們才離開這棟房子。杜賓在回家途中轉進一間日報辦公室，逗留了些許時間。

我曾經提及，我的朋友杜賓有非常古怪又多樣化的想法，而我則是一直包容遷就著他。依照他的個性與脾氣，他是不肯與我談論任何有關凶殺案的事，因此就這樣一直保持沉默到翌日中午。他才突然問我，有沒有在凶案現場發現任何特別之處。他話裡刻意強調「特別」兩字，不知怎麼的，我竟有股毛骨悚然之感。

「沒什麼『特別』之處……」我回答道：「至少，除了我們早在報紙上讀到的那些描述外，我們沒有什麼其他的發現……」

「說到報紙，」杜賓說道：「我想它們恐怕還沒感染到這一股異常恐怖的氣氛。不過，姑且不論報上那些無意義的意見與看法。依我看，大家都認為這是一樁複雜神祕又難以偵破的案件，但這件案子種種離奇的特性，卻正是它容易被解開之處。警方之所以困惑，是因為凶手缺乏明顯的動機，不是指凶案本身的動機，而是為何如此凶殘的動機。另外，還有一些證詞無法吻合的部分，也是警方大感困惑之處——有人聽到爭執聲。但實際上，樓上除了發現遇害的萊斯龐奈耶小姐外，並沒有發現其他人，而且樓上沒有第二個出入口，能讓凶手迅速逃逸，以躲避眾人的目光。

「發生事故的房間凌亂不已、死者屍體頭朝下被塞入煙囪內、老太太的屍體被殘忍支解，種種疑點，再加上先前我所提到的，都讓警方亂了陣腳，降低了辦案能力，也讓警方常自誇的敏銳洞察力，毫無用武之地。他們掉進一個明顯又簡單的陷阱裡，把罕見的事物與難以理解的事物混淆了。不過，擺脫平凡事物的表面常軌，理性才能順著軌跡——若真有軌跡可循的話——找到事情的真相。在調查過程中，我們該問的是『發生了哪些從未發生過的事？』，而非『發生了什麼事？』。老實說，我可以解出這樁神祕的案子到底是誰做的，或者說，其實我已經解決了，我認為這樁案子淺顯易懂的程度，與警方認為這是一樁無解凶案的程度，恰好成了明顯對比。」

站在一旁的我，目瞪口呆地盯著這個說話的人。

「我正在等著，」杜賓繼續說道，眼睛直盯著房門口，「我現在正在等一個人，他也許不是這樁凶殺案的凶手，但多少與此案有所牽連。不過這樁案子最凶殘的部分，可能與他毫無關連。希望我的假設是正確的，因為我把解開整個謎團的希望都寄託在此。我分分秒秒期待他的出現。他也可能不會來，不過出現的可能性比較大。如果他真的現身，我們得儘量留住他。這裡有兩把手槍，必要時就得派上用場，想必，你我都知道該怎麼使用吧！」

我從杜賓手裡接過手槍，根本不太知道自己在做什麼，也不敢相信自己耳朵所聽到的話。杜賓還繼續說著話，看來滿像在自言自語。我說過，他在這當中總是一副神情恍惚的模樣，明明在跟我講話，但他的聲音，雖沒特別高亢，聽來卻像是在對遠方的人講話似的。他雙眼無神，直盯著牆上看。

「上樓的那一行人⋯⋯」他說道：「所聽到的爭執聲，並不是被害母女的聲音，這一點已經證實了，所以我們根本不用懷疑是老太太先殺害了女兒、然後自殺的這個推論。我之所以會下如此定論，全是因為手法的緣故。以萊斯龐奈耶太太的力氣，根本無法將她女兒的屍體像命案現場一樣倒塞入煙囪裡，而從她自己身上的傷痕判斷，自殺的因素也澈底排除。凶手另有其人，大家聽到的爭吵聲，便是第三者的聲音。我現在提到的是證詞中『特別』的部分，是指關於爭執聲的證詞，你有發覺任何『特別』之處嗎？」

我表示所有證人都證實，聲音粗暴者應是一位法國人。至於聲音尖銳者，也就是有人說聲音刺耳的那個人，就眾說紛紜了。

「這一點本身就是證詞……」杜賓說道：「不過它不是證詞中特別的地方。你沒觀察到特殊的地方，不過其中確實有需要被注意之處。就像你說的一樣，所有證人對於聲音粗暴者的看法一致，至於聲音尖銳者，特別是在於證人描述這個聲音時，都說那是外國人的聲音。義大利人、英國人、西班牙人、荷蘭人跟法國人，每一位證人都確定那不是本國人的聲音，而不是證人們的意見不一致。

「法國人認為那是西班牙人的聲音，而且『假如他懂西班牙語，就能聽清楚談話內容了』；荷蘭人堅稱那是法國人的聲音，可是報上卻寫說『這名證人不諳法語，透過翻譯員接受偵訊』；英國人認為那是德國人的聲音，可是他『不懂德語』；西班牙人確定那是英國人的聲音，但又表示自己是『透過說話的語氣來判斷』，況且他『完全不懂英語』;義大利人以為那是俄語,但他『從沒與真正的俄國人交談的經驗』;另外第二位法國人的說詞又與第一個人不同,他肯定那是義大利人的聲音,但他『不懂義大利語』,和西班牙籍證人一樣,是靠『說話的語調』來判定。由此可知,那個聲音一定相當古怪,我們可以從上述的證詞推論——這個聲音是即便你是歐洲五大國的居民,也認不出來。所以,我們可以說,那可能是亞洲人或非洲人的聲音。巴黎的亞洲人與非洲人不多,但我們還是不排除這種可能性。我現在只要你留意這三點:有一位證人表示,這個聲音其實是粗暴而不是尖銳;另外也有兩位證人表示,這個聲音『快又不平均』,卻沒有一位證人提到能聽出一個字……或任何像是單字的發音。」

「不曉得……」杜賓繼續說道:「截至目前為止,你是否因為聽了我所說的話而對案情有任何瞭解與影響。但我可以肯定的是,單就這一部分證詞,即有關聲音粗暴與尖銳這一部分……便足以產生合理的判斷,為這樁離奇的凶殺案提供更進一步的破案關鍵。雖然我說是『合理的推論』,不過卻沒將意思完整表達出來。我想說的是,我的這個推論是『唯一』合理的斷定,藉由此推論,不可避免地產生唯一結果。現在我還不打算告訴你,我懷疑些什麼,只要你記住,對我來說,這些推論足以構成一個明確的方向、一個實際的方向,引領我在那個房間裡的調查。

「想像我們現在回到那個事發的房間。第一步要尋找的是什麼呢？我們要找凶手逃逸的方法。我們無須歸咎於超自然的神祕事件，萊斯龐奈耶太太與小姐並不是遭妖魔鬼怪殺死的。凶手有形有體，逃走時也一樣。但他是怎麼做到掩人耳目地逃脫呢？這一點，我們只有一個推論，而這個方法也將引導我們做出正確的判定。

「我們逐一細想所有凶手可能逃脫的方法。很顯然，凶手在大家上樓時，一定還留在發現萊斯龐奈耶小姐屍體的那個房間裡，或者起碼在隔壁的房間裡。所以，我們只要在這兩個房間裡找尋出口即可。警方在案發後就掀開了房間內所有天花板、地板跟牆壁，任何祕密出口都難逃他們法眼，但我不相信『警方的』眼睛，所以要親自檢查一遍。結果，房間內確實沒有任何祕密出入口，兩個房間連接走廊的門也上了鎖，鑰匙插在裡面。既然如此，我們將目標轉向煙囪。雖然這些煙囪與普通煙囪一樣，高出壁爐大約八至十英尺，但煙囪裡的任一部分，都容不下一隻大貓的身軀。既然上述兩種方式都不會有出路，那麼只剩下窗戶了。假如凶手從前面窗戶逃走，街上的民眾一定會看到。為了掩人耳目，凶手肯定是從後方窗戶逃走。既然我們現在有如此明確的結論，身為推論者，自然不能以不可能的理由加以否定。我們該做的就是去證明這些表面看來不可能的事，其事實未必如此。

「後方房間裡有兩扇窗戶。其中一扇沒有被家具阻擋，可以完全看見。另一扇窗戶的下半部，被緊鄰著的厚重床架擋住，所以看不到。前一扇窗戶被從裡面鎖住，就算使盡力氣也很難拉開。窗戶邊框的左邊有一個釘孔，裡面釘著一根釘到底的釘子，而另一扇窗戶也有類似的釘子釘在釘孔裡，所以就算費盡力氣也不可能把窗戶拉起來。警方相信了這種推論：認為出口絕對不會是這兩扇窗戶，所以覺得沒有必要將釘子拔起來，打開窗戶來檢查。

「而我親自做的檢查更為仔細，理由就如同剛才我所說的……我知道，所有看來不可能的事，不一定就真是如此。

「我不斷地用一種由果溯因的方式推論。凶手一定是從其中一扇窗戶逃走的。果真如此，他們一定沒辦法從裡面再把釘子釘上，就像我們看到的一樣……因為這個結論很明顯，所以警方便排除了這方面的疑慮，沒有多加調查。但是，窗框被釘牢了，那麼一定有什麼能讓窗戶自動開關的方法，這個答案是絕對的。我走到沒有被擋到的那扇窗戶前，費力地拔出釘子，試圖拉起窗戶，誠如我所料，一切都是白費力氣。我心想，裡面一定有一個隱藏式的彈簧裝置。然而我的想法果真獲得證實，我相信儘管釘子看來匪夷所思，但至少我推論的出發點是正確的。經過仔細搜尋，果然讓我找到一個隱藏的彈簧。我按了一下彈簧，很滿意自己這項發現，卻忍著沒去拉開窗戶。

「這時，我將釘子重新釘牢，再仔細觀察。假如有人從這扇窗戶逃脫，窗戶可能會重新關上，彈簧也會卡住……但釘子卻無法重新釘上。結論十分明瞭清楚，也再一次縮小我調查的範圍——凶手『一定』是從另一扇窗戶逃走的。假設這兩個窗戶木框的彈簧構造類似，那麼不同之處就是在釘子上，至少釘法會有所不同。所以我爬到床架的粗麻布上，越過床頭板，仔細檢查第二扇窗戶木框。於是我將頭探過床頭板仔細察看，立刻找到了隱藏的彈簧，我壓了一下彈簧，正如所料，這扇窗戶的彈簧與另一扇相同。然後我再詳細檢查釘子，釘法也與先前那一根一樣牢固結實，釘法也是釘到了底。

「或許你會說，這麼一來，我被搞糊塗了，但若你真的這麼想，就誤會了推理的本質。套一句體育術語來說，我從不『失誤』！我所追蹤的線索從沒斷過，思路的環節也沒有任何缺陷。我已經明白這樁案子的祕密所在，就在這『釘子』。

「我先前提過，這根釘子的外表不管從任何一方面來看，都與另一扇窗戶上的釘子類似，但這個情況——雖然看起來是那麼篤定——與現在就要結束這條線索的考慮相較之下，就顯得完全不重要了。我告訴自己『這根釘子一定有問題』，於是摸了釘子一下，果然拔下連著四分之一英寸釘身的釘頭，剩下的一截釘子還留在釘孔裡，斷在裡面。斷裂的痕跡因布滿腐蝕的鏽斑，看來是很久以前形成的，釘子顯然是用鎚子敲斷的，槌子將釘頭的部分敲進了窗框底部上緣。我小心翼翼地把釘頭放回剛才拾起的缺口裡，讓它看來就像一根完整無缺的釘子……看不出裂縫。我按了一下彈簧，把窗戶拉高好幾英寸，釘頭的部分便穩穩留在釘孔裡，跟著窗戶被拉高。我又把窗戶放下，釘子也恢復剛才完整的外觀。

「現在，我已解開這個謎團了。凶手就是從朝向床頭的那扇窗戶逃走。他一逃出去，窗戶馬上關了起來——或許是故意關上的——窗框再度被彈簧卡死。警方誤將彈簧的力量認為是釘子的力量……所以覺得沒有詳細調查的必要。

「接下來就是凶手逃走的方式。關於這一點，在我與你繞了房子一周後有了滿意的答案。有一根避雷針在距離我們剛才所說的那扇窗戶大約五英尺半的地方，任何人都不可能從這根避雷針處碰到窗戶，更別說進到窗戶裡。不過，我注意到四樓的百葉窗是被巴黎木匠稱為『鐵格子』的一種特別款式，現在很少有人安裝這種窗戶，但在里昂跟布爾多等一些極為老舊都市裡的建築物，仍時常可以見到這種設計。這種百葉窗的式樣與普通門相同，不同之處在於它的上半部裝上了窗格，或是雕刻成格子狀，以提供雙手絕佳的抓握支撐點。就我們目前的例子來看，這些百葉窗都有三英尺半的寬度，當我們從屋後看這些窗戶時，兩扇窗都是半開著的，也就是說，窗戶跟牆壁成為直角。警方有可能與我一樣，繞到屋後察看過，但他們可能在看窗子的寬度時——他們一定會這麼做——沒有察覺到窗子竟如此寬，亦或者，他們注意到了這一點，卻沒有加以重視。

「事實上，因為他們早已認定窗子不可能作為凶手逃脫的出口，所以檢查自然草率了事、早早收場，但我知道床頭那扇窗戶的百葉窗，如果完全推開貼著牆壁，那與避雷針的距離就不到兩英尺了。另外還有一點值得注意，假如有矯健的身手與絕佳的勇氣，要從避雷針上跳進窗戶裡也不是不可能的事。強盜如果能跳過兩英尺半的距離——我們假設將百葉窗開至最大極限——他便能牢牢抓住窗戶上的格子架，放開避雷針之後，腳穩穩地靠著牆壁。從這裡大膽一跳，有可能就會將百葉窗關上，如果那扇窗戶原本就是打開的狀態，那麼經凶手這一盪，就可以把自己帶進窗子裡了。

「我希望你特別記住我剛才所說的話——一定要有非比尋常的矯健身手，才能完成那麼危險又高難度的動作。所以你要知道，從窗戶跳進去這件事其實是有可能做到的，但最主要的是我希望你能夠體會其中的『非比尋常』……要完成此事，非得異常矯健的身手才行。

「我想，你一定會站在法律的角度對我表示：『證明你的說法』，然後我應該低估這件事所需要的敏捷程度，而不是高估它。或許這是法律上的慣例，但絕非推理的常態。我最終的目的只是挖掘事情真相！現在，我要你聯想剛才我提到這種非比尋常的敏捷，還有尖銳、或是說刺耳又不平均聲音的這兩件事。發出此聲音者的國籍、毫無兩位以上的證人看法一致，而且也沒有人聽出那聲音到底在說些什麼。」

一種模糊又不成形的概念在我聽到杜賓說這席話時，輕輕掠過心頭。我幾乎已經快要解出謎底，卻又差那麼一點點……就像有時，人們覺得自己將要想起某件事，但又還想不起來的時候。

我的朋友又繼續發言：

「你會明白的，我已將問題從凶手如何逃走，轉到怎麼進來這上面了。如此的用意是想表達出這種方法同樣適用於此問題。我們先回到房裡察看周圍的情形。據報導表示，衣櫃裡的抽屜都被翻過，不過裡面還留有許多衣服。這個結論很荒謬，而且只是很愚蠢的猜測而已，我們怎麼知道在抽屜裡找到的那些衣服，是不是原本就放在裡面的呢？萊斯龐奈耶太太與她女兒過著幾乎與世隔絕的生活……沒什麼往來的朋友、絕少出門、沒必要準備太多替換的衣服。在抽屜裡發現的這些衣服，至少在質地上，與兩位女士可能擁有的衣服相似。

「若竊賊想偷東西，那他為什麼不拿最好的，為什麼不全部拿走呢？簡單來說，他為何不拿走四千法郎的金幣，反倒抱走一堆衣服來找自己的麻煩呢？金幣完好如初地待在凶宅裡。銀行老闆米尼歐說的那筆錢，全都放在地板上的兩只袋子裡，幾乎全數被尋獲。警方就是受了證詞的影響，認為凶手是因為這一大筆錢才動了殺機，我希望你屏除這種錯誤的動機觀念。

「在我們一生中，有更多比交付鉅款後三天內收款人遭到殺害這種巧合的事隨時上演，只是沒人注意罷了。或然率理論[4]，是人類研究最輝煌的事物，其絕佳例證更常使人受惠。一般而言，對於沒學過此理論的思想家來說，巧合一定會成為他們思考上的絆腳石。就本案的情況來看，若那些金幣真的失蹤了，那麼三天前有行員陪同送錢回來的這件事就不只是巧合而已。但實際上，假設竊取金幣是這樁凶殺案的主要動機，那麼犯人肯定是個裹足不前的笨蛋，因為他沒拿走金幣，可見連原來犯案的動機都忘了。

「請將我告訴你的這幾項重點牢記在心，包括那特殊的聲音、犯人不尋常的敏捷程度、以及這樁凶殘謀殺案中所缺乏的動機，然後我們再一起探討這樁凶案的本質。一個女人被人用手掐死，頭朝下倒塞入煙囪內，一般凶手不會用這種方式殺人，更不會這樣處置被害者的屍體。從屍體被倒塞入煙囪的情況來判斷，想必你也承認，其中必有『異常奇怪』之處，因為這與我們對人類行為的一般概念不符合，假設這是個喪心病狂的人所做的事好了，光是要拖出屍體就要好幾個人合力才能完成，那要把屍體塞進煙囪裡，也要更大的力氣才行！

「我們再回頭來探討這股驚人力量所造成的結果。警方在壁爐上發現了好幾撮毛髮……而且是幾大撮灰色的人類毛髮。這些頭髮是被連根拔起的。你要知道，就算只是從頭上拔下二、三十根頭髮也需要相當大的力量。我們都看過那些頭髮，髮根的部分——景象真是恐怖呀——還連著些許的頭皮碎片，證明了拔頭髮的力量之大，搞不好要一次連根拔起五十萬根頭髮都不成問題。再者，老太太的喉嚨被割斷，而且屍首完全分了家，凶器竟然只是一把剃刀。這些行為當中的凶殘與殘暴都是值得注意的，你只需要看看萊斯龐奈耶太太身上的傷痕就可以明白了。

「迪馬先生和他的助手艾帝安先生都表示，屍體身上的傷是由鈍器所造成的，這一點他們的判斷是正確的。所謂的鈍器，也就是指後院裡所鋪的石塊，被害人因為從面床的窗戶摔下去而受傷。雖然我們現在很輕易就看出凶手的手法，但警方卻忽略了這一點，原因就和他們沒注意到百葉窗的寬度是一樣的……因為釘子的緣故，他們的判斷力都被那兩根小釘子給神祕地封了起來，所以未曾考慮過窗戶會被打開的可能性。

「除了上述各種情況外，你回想一下屋內凌亂的樣子，然後把幾個發現聯想在一起推理：不尋常的敏捷、巨大的力量、獸性的殘暴、沒有動機的謀殺、違反人性的詭譎恐怖、一種讓來自各個國家的人都無法分辨出來的外國語言，聲音裡也沒有清楚的音節。這些產生了什麼樣的結論？我的話讓你對什麼事加深了印象呢？」

杜賓問我這些的時候，我全身忽然起了雞皮疙瘩。

「瘋子！」我回答道：「這件案子……一定是從附近醫院逃出來的瘋子所為。」

「就某些方面來看，你的推測也沒有錯誤。但即便是在嚴重發病的情況下，瘋子所發出的聲音也不會與證人在樓梯上聽到的相同。瘋子也是有國籍的人，再怎麼語無倫次、口齒不清，說話的音節還是有連貫的。況且，瘋子絕對不會有我手上拿的這一種毛髮。這是我從萊斯龐奈耶太太僵硬緊握的手裡，弄出來的一小撮毛髮。你認為這是什麼毛髮？」

「杜賓！」我已經澈底失去耐性了，「這實在太奇怪了……這根本不是人類的頭髮啊！」

「我沒說過它是啊……不過在我們妄下判定之前，我希望你先看看我根據部分供詞而在這張紙上所畫的小草圖。其中一位證人說萊斯龐奈耶小姐的喉嚨有『黑色瘀傷與深深的指印』，另一些人，即迪馬醫生跟艾帝安先生的證詞表示『有數處瘀青腫脹，顯然是被手指按壓過的痕跡。』你看看……」杜賓繼續說道，並且把草圖攤開放在我們前方的桌子上，「這幅圖畫顯示出一種牢而緊的抓握方式。似乎沒有鬆開過的跡象，連一根手指都沒有動過，一直掐到被害人死掉為止……保持一開始掐住的力道直到最後一刻。現在，試著依你所見，把手指放在前面的指印上。」

我試了，但手指合不上。

「我們做這樣的試驗可能不太合理……」他說道：「因為草圖是平鋪在桌面上，可是人類的喉嚨卻是圓柱狀。這裡有一小段木頭，它的形狀與喉嚨差不多。把這張草圖包在木頭上，你再試一次看看。」

我照做，不過卻比上一次更困難。

「這個，」我說道：「不是人的手印。」

「現在你再看一下居維埃[5]這篇文章。」杜賓回答道。

這一篇文章是關於產在東印度群島黃褐色大猩猩的精密解剖與一般評論的報導。

大家都很清楚這種哺乳類動物有著非常巨大的體型、驚人的力量、敏捷的行動、凶殘的個性以及善於模仿的特質。我倏地瞭解這樁恐怖謀殺案裡造成種種恐怖情節的原因了。

「文章中關於爪子的描述，」我看完文章後說道：「就與你畫的這張草圖一樣。除了這種大猩猩之外，我從沒看過還有哪一種動物能夠按壓出你所描繪的手印；至於這一小撮黃褐色的毛髮，也與居維埃描述此種動物的特徵一致，但我還是不太明白這樁神祕凶殺案其中的某些細節。況且，大家都聽到有兩個正在爭執的聲音，其中一個無疑是來自法國人。」

「沒錯！你還記得證人們幾乎口徑一致地表示聽到這個聲音所說的一句話就是『天啊！』。其中有一位證人，糖果商人蒙塔尼，詳細確實地解釋了這個聲音與說這個詞的感覺，聽來像是在規勸或告誡。我打算將解開謎團的所有希望都寄予在這兩個字上。有個法國人知道這整樁凶殺案的發生經過，他有可能……而且非常有可能與這件血案毫無關連。這隻大猩猩很可能是從他身邊溜走，他一路追蹤猩猩到這間出事的房間，但之後又發生了一連串他無法招架的暴力行為，他根本沒辦法抓回大猩猩。我想，這隻猩猩現在大概還在四處逍遙吧！我不想繼續猜測下去了，我只能稱之為猜測，因為由猜測所得來的思考陰暗面，已經淡化到我的智能不足以理解的程度了，我也沒辦法讓他人也瞭解，所以我們就稱之為猜測，把這些看法當作猜測來論述囉！我剛才所說的那位法國人，如果正如我所言的是個無辜的人，那我昨天回家路上到《世界報》——這家報紙專門服務航運業，頗受水手歡迎——刊登的這則廣告，一定會將他引來我們所住的地方。」

杜賓把報紙遞給我，廣告的內容如下所述：

招領：本月某日清晨（即凶案發生之清晨），在布洛內叢林內捕獲一隻婆羅洲種黃褐色大猩猩，已確認失主為馬爾它商船的水手。請前來驗明失物無誤，並支付少許捕捉費用，即可將猩猩領回。請洽市郊聖熱耳曼區╳╳街╳╳號四樓。

「這又是怎麼回事？」我問道：「你怎麼知道他是水手，而且還是在馬爾它商船工作的水手？」

「老實說我並不知道，」杜賓說道：「我對這一點並沒有把握。只是這裡有一小節緞帶，從它的形式與油膩的程度判斷，應該是水手喜歡用來綁長辮子的髮帶，而只有少數水手，特別是馬爾它商船上的水手，才會打這種型式的結。這是我在避雷針桿上撿到的，肯定不會是那兩名死者的遺物。假如我對緞帶的判斷有誤，這個法國人並非馬爾它商船上的水手，那我刊登在報上的廣告也不會有什麼害處，不過，假如我的推測正確，那可就真是賺到了。雖然這名法國人自知自身無辜，我想他還是猶豫不安，心想到底要不要回覆這則廣告，領回失物。他應該會這樣推論：『我是無辜的，我很窮，我的大猩猩很值錢。對於像我這樣處境的人來說，牠可是很大的一筆財富，我為什麼要因為不知名的害怕而失去牠呢？牠就近在咫尺，我只要把牠領回來就好了。大猩猩是在布洛內叢林內被發現的，距離凶案現場很遠，有誰會懷疑牠就是這樁殘忍凶殺案的凶手呢？警方還一頭霧水，一點破案線索都還沒找到。即便發現這牲畜，他們也無法證明我知道這樁凶殺案，更不會因為我知情而硬把罪名冠到我頭上。最重要的是，登廣告的人已經知道我是大猩猩的主人，可是我不確定他到底瞭解有多深。假如我不去招領這一大筆被人知道的我的財產，豈不是欲蓋彌彰，反而會因猩猩而招來懷疑嗎？我一點也不想替自己或這猩猩惹上什麼大麻煩或被注意。所以，我得趕快回覆這則廣告，將大猩猩領回來，好好看著牠，直到凶殺案風波平息了再說。』」

這時候，我們聽到了上樓的腳步聲。

杜賓說道：「把你的手槍準備好，但是在我給手勢之前，你不要輕舉妄動，也別讓人看見槍。」

凶宅的前門沒關上，這個訪客沒有按門鈴，逕自走上樓梯。但他現在似乎有些猶豫，沒多久，我們就聽見他走下樓的聲音了。當我們再度聽到他上樓的聲音時，杜賓迅速地朝門口方向移動。這一次，這名訪客勇往直前地走了上來，敲了敲我們所在房間的門。

「請進！」杜賓用愉快又爽朗的音調回答。

這個男人走了進來。

很顯然的，他是個水手——身材高大、結實，肌肉強壯，臉上一副冒失的神態，不過還不至於讓人討厭就是了。落腮鬍與短小的鬍鬢遮蓋了整張被曬得黝黑的臉。

他只帶了一根粗大的橡木棍，沒別的武器。他笨拙地向我們行了個禮，以一種帶了某個腔調的法語向我們說聲「晚安」，雖然聽得出一些北方納沙爾泰的口音，不過還是可以聽出他原籍巴黎。

「這位朋友，請坐！」杜賓招呼著他，「我想你是來領回猩猩的。老實說，我真羨慕你能擁有牠！這麼棒的猩猩一定值不少錢。你猜牠大概幾歲了呢？」

水手倒吸了一口氣，彷彿放下心中一塊大石似的，以充滿自信的聲音回答道：「我也不太清楚！不過一定不會超過四、五歲吧！你是否將牠帶到這裡來呢？」

「啊！我沒將牠帶過來，這裡不方便關著一隻猩猩。不過牠目前在附近迪布爾街一座馬房裡，明天早上你就可以將牠接回去。當然，你是準備來認領這筆財產的吧？」

「沒錯，先生！」

「想到要跟牠分開，我就捨不得。」杜賓說道。

「我絕不會讓您白忙一場，先生！」水手說道：「我從沒想過，你能幫我找回這猩猩，我非常感激，願意支付一筆報酬給您……也就是說，只要我能力範圍所及，赴湯蹈火在所不惜。」

「好！」我的朋友回答道：「這樣確實很公平。讓我想一想……我想要什麼呢？啊，我知道了，我要的報酬就是這個——你把所有你知道的，有關莫爾格街凶殺案的案情告訴我，這樣就行了。」

杜賓在說了最後幾個字的時候，故意把音調壓得又低又靜。然後，他靜靜地走向大門，把門鎖上，將鑰匙拔出來放進口袋裡。然後，又從胸口掏出手槍，從容不迫地把它放在桌上。

水手的臉倏地脹紅，彷彿快要窒息似的掙扎著。他忽然站起身，手裡緊抓住那根橡木棍，但下一秒鐘他又跌回椅子上，身體不停顫抖，臉色宛如枯槁般蒼白。他沒開口說半句話，而我打從心裡同情他。

「我的朋友！」杜賓用一種非常親切的口吻說道：「你無須驚慌！真的不需要！我們完全沒有惡意。我以一個紳士與法國人的榮譽向你保證，我們絕無意傷害你。我知道你在莫爾格街發生的凶案裡是無辜的。但是，這並不能否認你與此案毫無關連。從我剛才的談話中，你應該知道，我自有獲得有關這件案子情報的方法……你什麼都沒做。即便當時你可以趁火打劫一番，不過卻什麼都沒做。你沒什麼好隱瞞的，也沒理由隱瞞。另外，就榮譽這一點來看，你都有義務將知道的所有事情說出來。警方誤抓一位無辜的人，他現在正被關在監獄裡，而你卻能指認出真正的凶手。」

水手的心情在杜賓說完這番話後才漸有起色，臉上原有的冒失神態消失不見。

「老天保佑！」他停了一下，然後說道：「我會把知道的一切都告訴你。不過我不寄望你會相信我所說的話……如果指望你會相信，那我就真是個大傻瓜了。不過，我真的是無辜的，即使我得因為這件凶殺案而死，我也要把事情的真相說出來。」

他所說的內容大致如下：

他最近曾航行到印度群島，船隻在婆羅洲靠岸登陸後，他便與一群朋友到內陸遊玩。他與另一位伙伴一起抓到這隻大猩猩，但後來這個伙伴死了，於是這隻大猩猩便成為他的個人財產。在回程的航行中，這隻猩猩偶爾會獸性大發，為他添了不少麻煩，不過最後他還是順利地將牠安頓在巴黎的住所。

為了避免引起鄰居不必要的好奇，他小心翼翼地將猩猩隔離開來，一直到猩猩腳上那一處被船板弄破的傷口復原為止。不過，他的終極目的是想要把猩猩賣掉大撈一筆。

某天晚上，也就是凶案發生的那個清晨，他與幾名水手飲酒作樂後，回家竟發現房間被猩猩占據了，牠從隔壁被關著的密室破門而出。

猩猩手裡拿著剃刀，臉上塗滿了肥皂泡沫，照鏡子準備刮鬍子，想必牠一定曾經從密室的鑰匙孔裡，偷看到主人的這個動作。水手看見這隻凶猛的動物，手上竟然還拿著危險武器，而且動作熟悉靈巧，一時之間愣住了。不過他向來都是用鞭子馴服猩猩，讓牠聽話的，這次也不例外，他順手拿起了鞭子。大猩猩看見主人拿起鞭子，立刻跳起來衝出房門，爬下樓去。很不幸地，樓下剛好有一扇沒有關的窗戶，猩猩就從那裡逃到街上了。

這個法國人沒命似的在後面追趕。猩猩手上還拿著剃刀，不時就停下來回頭看看追趕牠的人，還對他比手畫腳，等主人快追上牠時，牠又拔開腿跑。就這樣，他們在街上追逐了好長一段時間，這時間正好接近凌晨三點鐘。

當猩猩跑過莫爾格街後面的小巷子時，牠被萊斯龐奈耶太太四樓房間窗戶所透出的光線吸引。

於是牠衝向那棟房子，看見避雷針，便用令人難以置信的敏捷行動力爬了上去，然後手一伸便抓住了靠牆打開的百葉窗，用力一盪，身子就剛好落到床架的床頭板上面。牠花不到一分鐘的時間就表演完這套特技。大猩猩進到屋內後，又把百葉窗踢開了。

這時候，水手心裡的感覺既高興又慌張。他當然希望馬上逮到這畜牲，因為除了原先的避雷針外，他很難逃出自己冒險闖進去的陷阱，如果猩猩從避雷針上爬下來，他也可以在下方攔截牠。但另一方面，他又很擔心，不曉得這隻猩猩會在樓上闖出什麼大禍來。

後面這個想法，讓他毫不猶豫地繼續追趕這隻逃脫者。他是個水手，要爬上避雷針不是難事，但當他爬到窗戶那麼高的地方時，發現窗口仍然位於他左邊很遠的地方，根本搆不到，所以只好停下來，他這時能做的只是伸長脖子看窗戶裡的情形。

當他一看，整個人嚇得魂飛魄散，差點從避雷針上摔下來。同一時間，可怕的尖叫聲劃破了寧靜的夜晚，把整條莫爾格街的居民自夢中驚醒。

萊斯龐奈耶太太與她的女兒身著睡衣，好像忙著整理鐵製保險箱裡的一些文件，保險箱這時被推到房間的正中央。

保險箱的門打開了，東西散落在四周地板。兩位被害人當時一定是背向窗戶坐在地上，所以從野獸進入屋內到發出尖叫聲這段期間內，她們都沒發現牠。她們一定以為百葉窗發出的聲音是被風吹的。

水手從窗戶往內望時，正好看到那巨獸抓住萊斯龐奈耶太太的頭髮——她剛梳過頭，所以散著頭髮——在她面前揮舞著手上的剃刀，模仿理髮師的動作。她的女兒則是躺在地上動也不動，因為她已經嚇暈了。

老太太拚命地尖叫、掙扎，她的頭髮就是在這個時候被連根拔起的。大猩猩原本沒有攻擊性的態度忽然轉為憤怒，牠用強壯的手臂一揮，幾乎將老太太的頭給割了下來。

大猩猩一見到血更是怒火中燒，突然發狂起來。牠咬牙切齒，眼裡閃著怒火，直撲到那名女孩身上，用可怕的爪子緊掐住她的脖子，直到她氣絕身亡為止。這時候，大猩猩發狂的目光落到床頭，剛好看見嚇得臉色發青的主人，立刻想起狠狠鞭打自己的可怕鞭子，牠的憤怒立刻化為恐懼。意識到自己可能會被主人懲罰，於是急忙掩飾自己的血腥罪行。

牠情緒焦躁、激動不已，一直在屋裡跳來跳去，只要看到家具就拿起來砸，把所有東西都丟到地上，又把床墊從床架上拖到地板上。

後來當牠發現煙囪時，就趕緊將女兒的屍體抓起來，倒塞進裡面，然後抓住老太太的屍體丟出窗外。

後來，當猩猩拖著老太太滿是割傷的屍體來到窗邊時，水手早就嚇得臉色發白，連忙縮頭打了寒顫，直接從避雷針上滑了下去，立刻衝回家。

他怕死了這場屠殺可能帶來的後果，因為太過恐懼，所以他只好丟下這隻大猩猩不管。那時一行人上樓聽到的聲音，便是這名法國人因為害怕與恐懼而發出的叫喊聲，其中還夾雜著那頭猩猩如魔鬼般的吼叫聲。

我想大概沒有什麼需要補充之處了。

這隻大猩猩一定是在眾人破門而入之前，就沿著避雷針逃走了。當牠從窗戶逃跑時，一定也關上了窗。水手後來又抓到這隻猩猩，然後轉賣給植物園，賺得一筆豐厚的收入。

後來我們到巴黎警察局向警長說明整起命案的經過後——中間杜賓做了一些解釋——警方便立刻釋放勒邦。局長雖然對我的朋友很客氣，不過臉上還是露出一副難掩懊悔的表情，挖苦地說了幾句諸如人應自掃門前雪之類的諷刺話。

「讓他說個痛快吧！」杜賓說道，並且自覺沒必要理會他，「隨他高興，怎麼講就怎麼講，這樣他會覺得好過點，能讓我在他的專業領域上打敗他，我就很滿足了。不過，他沒解出這樁案子的謎點，絕不是因為他把事件想的太過神祕。事實上，我們這位局長太過於狡猾了，以至於反被聰明誤。他有勇無謀，空有腦袋，四肢卻不發達，就像拉維娜女神的畫像一樣。或者也可以說，只是有頭有肩膀，像鱈魚般。不過他還算是個不錯的人，我特別欣賞他那種擅長虛與委蛇的功夫，憑著這點可是贏得機智的美名。我的意思是說他很會『否認事實，無中生有』。」

1 霍愛爾（Edmond Hoyle），英國惠斯特牌高手。

2 伊比鳩魯（前341年~前270年），古希臘哲學家、伊比鳩魯學派的創始人，其學說的宗旨就是要達到不受干擾的寧靜狀態。伊比鳩魯認為人死後，靈魂原子離肉體而去，四處飛散，因此人死後並沒有生命。他說：「死亡和我們沒有關係，因為只要我們存在一天，死亡就不會來臨，而死亡來臨時，我們也不再存在了。」伊比鳩魯認為對死亡的恐懼是非理性的。因為自身對死亡的認識是對死亡本身的無知。

3 固體截斷術（stereotomy），指將石頭等固體材料切割成形。

4 或然率（Probability），亦稱「概率」、「機率」、「概然性」，是指某一事件出現的可能性。

5 弗雷德里克．居維埃（1773~1838），法國人。比較解剖學創始者。

The Masque of the Red Death

紅死病的面具

A.D. 1842

黑暗與腐朽，還有紅死病得以永生永世地統領一切。

「紅死病」蹂躪這個國家已久。

從前的瘟疫都沒這麼猖獗肆虐過。鮮血就是紅死病的具體化身，也是它的標誌——如同鮮血般的殷紅與恐怖。

染上紅死病的人在生命垂危之際，身體會有多處劇烈疼痛，並且會突然暈眩，然後毛孔放大、大量出血。患者的身體——尤其臉上特別嚴重——出現的那些深紅色斑點，都是瘟疫的詛咒，使他身旁的同伴不敢靠近，也無法同情。而且，這種疾病從感染、惡化直到結束，總共也不超過三十分鐘。

然而，普羅斯佩公爵是樂觀開朗又睿智的人。

在其他國家的人口因紅死病而銳減一半時，他從自己宮廷的騎士與貴婦中，挑選出一千名身體健康而且心情開朗的人士，要這些人來晉見他，並帶著這些人到他城堡最隱密處。這是一座宏偉壯觀的宮殿，根據公爵本身所好與嚴肅的趣味建造之。周圍有一道很厚實高聳的城牆，城牆上有幾扇鐵門。這些宮廷貴賓進來後，他就拿出熔化爐及大鐵鎚，將門栓焊死。

為了怕裡面產生絕望的情緒、或因瘋狂而起了暴動，他們決定不留下任何進出的途徑。這座大宮殿有很充分的食物與飲水供給，靠著這種未雨綢繆的辦法，這些大臣或許可以稍微延緩被恐怖瘟疫傳染的時間，外面世界就任其自生自滅了！在這種時候，也沒必要悲傷，或思考些什麼重要大事，公爵早就準備好一切了，其中包括幾位逗趣小丑、即興演出藝人、芭蕾舞者、音樂家，還有美色作陪、名酒品嚐。宮殿裡應有盡有，而且安全性足夠。雖然，外面的世界早已被「紅死病」所覆蓋了。

普羅斯佩羅公爵就這樣與外界隔絕了將近五、六個月的時間。這時候外面的瘟疫是最猖狂肆虐的時期，他卻舉辦了一場無比奢華的化裝舞會，來款待他的那些朋友。

這次的化裝舞會，會場布置得豪華氣派，五光十色。但我先說說其中的幾間房間吧！共有七間房間……全部形成一間皇家大套房。

不過，在許多宮殿裡，這些套房構成一個長又直的景觀，兩邊的摺門幾乎都拉回到牆邊，室內的一切一覽無遺。這裡的情形就大不相同了，不過依照公爵喜愛「新玩意」的個性來說，這麼做可是一點也不足為奇。

這些房間的設計很不規則，每次放眼望去，頂多只能看到其中一間。每隔約二、三十碼的距離，就有一個大轉彎，在每個轉彎處，都別有洞天。向左右兩邊看去，每道牆中央，都有扇哥德式的狹窄長窗，窗外則是一道封閉的迴廊，隨著這整間套房迂迴曲折。

這些窗戶都裝上染色玻璃，每片玻璃的色彩各不相同，全看這窗戶所在那間臥室裡主要的裝潢色調而定。舉例來說最東邊房間的窗簾是藍色，所以那扇窗戶的玻璃也是明豔的藍；第二間房間的裝潢是紫色，這裡的玻璃也是靛紫；第三間房間是完全是綠色裝飾，窗子也一樣是綠色；第四間房間的裝潢與燈光是橙色……第五間房間是白色……第六間房間是紫羅蘭色，第七間房間則被層層覆蓋著從天花板垂下來的掛氈，順著牆壁而下，沉重的縐褶落在一方同樣質料與色調的地毯上。唯獨這一間，窗戶顏色似乎與裡面的陳設不太搭調，這裡的窗戶玻璃都是鮮紅色……一種殷紅血色，此外，第七間房裡沒裝設燈座或吊燈之類的東西，只有許多金色擺設，散布各處或從天花板上懸掛下來。全部七間房間裡，光線都不是從燈座或蠟燭散發出來的。不過，這間套房迴廊，每扇窗戶對面都立著一個沉重的三角架，上面擺著一盆盆熊熊烈焰，火光照過這些染色玻璃，將房間照得光亮，也因此產生各式各樣華麗夢幻的景象。然而，在西邊，也就是另一間黑色房間裡，火光透過紅色玻璃窗投射在陰沉窗簾上，效果陰森無比，凡走進的人，臉上都露出怪異的神色，所以沒幾個膽子夠大的人敢走進這裡。

這房間裡，有個巨大黑檀木的鐘，靠著西牆放置，它的鐘擺來回搖晃，發出一種沉悶厚重而單調的鐘聲。分針在鐘面走了一圈，又到敲鐘報時的時候，這鐘就會發出一種清晰響亮但又深沉悅耳的聲音，不過音調十分特殊，所以每經過一小時，管弦樂隊的樂師們都會緊張得暫時停下他們的演奏，仔細聆聽這個聲音。就這樣，跳華爾滋的人也停下旋轉的舞步，所有嬉鬧的人群，都有些凌亂。在鐘響迴響未完之際，你可以看到那些輕浮的人臉色倏然蒼白，而那些年紀稍大的沉穩者，則會舉起手摸摸自己的額頭，彷彿墜入渾沌的白日夢或冥想裡。然而，待鐘聲迴響完全消失，聚會的人又再度回復往日歡樂情境，樂師們微笑著，彷彿對自己的神經質與愚蠢感到難為情，他們還彼此低聲發誓著，下次鐘聲又響起時，絕不再這樣緊張兮兮了，只是，六十分鐘後——其間三千六百秒時間飛逝——大鐘再度敲響，大家還是驚慌戰慄地沉思，與先前如出一轍。

然而，儘管發生這樣的情況，這裡仍是一場快樂盛大的聚會。公爵的興趣與嗜好都很特別。他對色彩效果有獨到見解，他瞧不起那些泛濫與一時的流行「裝飾」，他的設計大膽強烈，只要是他的構想，都閃耀著一股原始光采。有些人認為，公爵太過狂熱了，但他的臣子與僕人卻不覺如此。如果想弄清楚他是否真是這樣，就有必要聽他說話，看他本人，與他接觸。

這次盛大的聚會上，他大部分都親自坐鎮指揮，在七間房間裡安裝了些可移動的擺設。同時，也因他的點子，參加化裝舞會的人也得無所不用其極的奇裝異服，賓客們一定得打扮得稀奇古怪、眼花撩亂，還要光怪陸離到匪夷所思的地步……其中絕大部分的裝扮是從戲劇《赫南尼》以來就未曾見過的瘋狂。

賓客當中有些扮成怪異的人形，四肢突兀不倫不類，這當中有些是錯亂幻覺所致。所有打扮成瘋子裝扮的人，其中有很美的地方、很放任的地方，也有很怪異的地方，甚至有可怕卻不噁心之處，簡單說呢，這七間房裡來來去去走動著的，不過是無數的夢想罷了。而這些……這些夢幻……扭曲著身子進來，四處遊走，沾上那些房裡的顏色，使得管弦樂的靡靡之音，聽起來彷彿是他們腳步聲的回音。不久，那立在黑絨房間的黑檀木大鐘再度敲起響鐘，那麼短暫的片刻，一片寂靜，大家都沉默了下來，只見大鐘的響聲。這時候，那些夢中的遊魂直挺挺地僵立著，直到鐘聲消失……持續的時間不過是片刻……。待鐘聲消失，宴會旋即恢復以往歡樂氣息，音樂變得更響亮了，這些夢中幻影活了起來，比先前更為歡樂地來回扭動著，身上閃耀著從不同顏色窗戶投射來的光彩，這些窗戶則是將那些三角火盆的光芒投射到室內。不過，七間房間最靠西側的房間，到現在還沒看到哪個帶面具的賓客敢走進去。因為夜色漸淡，從紅色玻璃窗透進來一種更為鮮紅的顏色，而房裡深黑令人驚懼。對於敢踏入這片黑色地毯的人來說，旁邊黑檀木大鐘傳來的鐘聲，聽來似有若無，比別的房間裡放縱於歡樂氣氛的那些人所聽到的，更是嚴肅沉重得多。

然而其他六間房間裡擠滿了人，生命的心臟就在他們裡面熱烈跳動著。這場狂歡派對就這樣一如漩渦般不斷進行著，直到大鐘敲響午夜的時刻。

這時，音樂停了下來，就像我先前所說的，跳華爾滋的人靜了下來，一切活動再度刻意地停擺。可是現在，大鐘一口氣連敲十二下，因為時間較長，比較愛思考的狂歡者有了更多的想法。可能也因為如此，出現了這樣的情形——在最後幾下鐘聲消失前，有許多人在無所適從中留意到在場有個帶面具的人影，這是之前誰都不曾留意的。於是，新來者成為大家的話柄，謠言不脛自走，悄悄擴散開來，到了後來，整群人發出了低喃的說話聲，來表示他們對此感到不滿與意外……但最後表示出來的情緒，卻是畏懼、恐怖與厭惡。

對這個被我描述成如此充滿夢幻怪異現象的聚會來說，我們大可以說，平常不足為奇的現象並不會引起這麼大的騷動，加上這一夜的化裝舞會，放浪形骸到了失控的程度，而這個成為大家話柄的人影，非常霸道，甚至連公爵的大膽妄為也望塵莫及。即使最魯莽大膽的人，他們心裡也有幾條心弦，碰到了就會發出柔情；即使完全墮落的人，雖然他們早已笑看生死，但對某些德高望重的人，還是不敢嘻皮笑臉的。說真的，這群人顯然深切感覺到那個陌生人的服裝與舉止，既沒有開玩笑之意，也無拘禮的氣息。

這個人影高瘦，從頭到腳裹著死人壽衣。遮著臉的面具，做得活像是個殭屍面孔，即使再靠近查看，恐怕也很難看出那人的真面目。所有的狂歡造型，即使其他狂歡者不甚贊同，也大都會容忍，然而這位默劇者的做法實在有點走火入魔——他竟然打扮成一副「紅死病魔」的樣子！那件外套上沾滿了「鮮血」，寬闊的額頭，以及整張臉都布滿深紅色的可怕斑點。

普羅斯佩羅公爵一看到這個邪魔般的影像——他彷彿為了要將其角色演得出色，用一種緩慢莊重的步伐，在那群跳華爾滋的人當中穿梭著——不由得痙攣了起來，起先是因恐懼或厭惡而強烈顫抖著，但下一刻他的額頭就因憤怒而漲紅。

「誰這麼大膽？」普羅斯佩羅公爵大聲向在他旁邊的臣子與僕人問道：「誰敢這麼大膽，拿這種不敬的玩笑汙辱我們！把他攔下來盤問，拿下他的面具……我們就可以知道他是誰，等到旭日東升時，把他吊在城牆上！」

普羅斯佩羅公爵說這些話時，正好站在東側那間藍色房間裡。公爵是個膽大強悍的人，說話清晰明瞭，聲音迴盪在所有房間，音樂就在他揮手當下悄然無聲。這時候公爵站在藍色的房間裡，身邊有一群臉色蒼白的朝臣。起先，他說話時，這群人有點想衝向那個闖入者，當時闖入者站在公爵附近，這時候卻踩著慎重的步伐，向這個說話者走了過來。由於這個默劇者的瘋狂裝扮，在所有人心裡激起無言的恐懼，因此竟沒有人敢伸手捉他。就這樣，他沒受到攔阻，直走到離公爵一步的距離。此時所有在場者一致走到別處，從這些房間的中央退到牆角，默劇者因此更暢行無阻，依舊以他那莊嚴穩重的姿態，從這間藍色房間走向紫色房間……從紫色房間走向綠色房間……穿過綠色房間走向橙色房間……再穿過橙色房間到白色房間……最後走到紫羅蘭色房間……忽然默劇者停下腳步，但這時普羅斯佩羅公爵早就已怒不可遏了，他也因自己一時的懦弱與羞愧，一口氣衝過六間房間，不過沒有半個人跟隨著公爵，因為他們全都被一種畏縮的恐懼感懾服了。

公爵高高舉起那把已出鞘的彎刀，用極快的速度猛衝到那個往後退的人影三、四步之距。這時候，默劇者已經走到黑絨房間的盡頭，突然他轉過身來，面對追逐他的公爵。

此時，眾人只聽到一聲悽厲的叫聲……那把彎刀閃耀著光芒，掉落在黑色地毯上，沒多久，普羅斯佩羅公爵頹然地倒在黑色地毯上斷了氣。一群狂歡者鼓起了絕望中的狂野勇氣，連忙衝進那間黑色房間。他們在黑檀木大鐘的陰影下，抓住了那個直挺挺站在那裡扮演默劇的人，不過卻驚覺——他們粗魯野蠻地捉住那壽衣與殭屍般的面具後，卻發現——空的，根本沒有真正的人形！這群人嚇得瞠目結舌……

大家這才真正明白「紅死病」的真面目。

他悄然來臨，就像黑夜裡的竊賊般……於是，狂歡者一個接著一個，在他們所狂歡的那些沾滿鮮血的大廳裡倒下。每個倒下死去的人，都露出絕望的表情。然而，黑檀木大鐘，也隨著最後一個狂歡者的生命而停擺了。三角架上的火焰也逐漸熄滅。

黑暗與腐朽，還有紅死病得以永生永世地統領一切。

The Black Cat

A.D. 1843

黑貓

我第一次看到這幅景象時，心裡的迷惑與恐懼已經攀升至最高點，幾乎沒辦法不去正視這種高漲的情緒。

我打算將這個最狂野、卻又如家常便飯般平凡無奇的故事寫下來。我不預期、也不寄望你會相信我的話。我的每個感官都不能拒絕這一切發生過的種種，我倒寧可瘋了，不過問題是……我並沒有發瘋，當然我也沒在做夢。可是我明天就要死了，所以今日我還是卸下靈魂的包袱吧！我將以簡潔平實又客觀的口吻，寫下這一連串發生在家裡的瑣碎事情，將它呈現在世人面前。

我被這件事所引發的後果澈底嚇壞了，這個結果不斷折磨著我，甚至可以說毀滅了我。但我還是不打算把一切詳細告訴你，對我來說，這整件事有點可怕，但對大部分人來說，卻可能還比不上那些稀奇古怪的恐怖故事。

也許，將來會有一些有智慧的人，認為我是在老生常談。那些智者比我更冷靜、更有邏輯，而且不像我這樣衝動，他們看得出來我之所以不厭其煩講述這些事，只不過是一些很自然、很平常的因果相承罷了。

打從孩提時代，我的個性就一直很溫和善良，有時就因為性情太好的關係，常常被人注意，成為同儕間的笑柄。

我尤其喜歡動物，我的父母也讓我養了不少寵物，我花了很多時間飼養並照顧牠們，並從中獲得至高的樂趣。這種奇特的性情一直伴隨著我，直到成年依然如此，而我大部分的喜悅都來自於此。對那些會珍惜一隻忠心又聰明的狗的人來說，我不需要花費太大力氣，就可以向他們解釋這種個性衍生出來的滿足感，包括其性質及程度。人有的時候得面對人際間複雜瑣碎的交往，也不見得會付出許多的信任感，但對待動物方面，卻能表達出一種無私無瑕、犧牲奉獻的愛。

我很早就結婚成家了。婚後很高興地發現，太太和我都一樣都很喜愛動物。她知道我特別偏好那些可以養在家裡的寵物，所以只要逮到機會，她就會帶各式各樣的寵物回家。我們養過的寵物包括小鳥、金魚，一隻很可愛的狗、兔子、小猴子……還有一隻貓。

這隻貓又大又漂亮，全身長滿又黑又亮的毛，非常聰明伶俐。每次只要提到這隻貓聰明的程度，我太太就會用一種迷信的口吻提到從前那個古老傳說：以前的人相信，這種全身長滿黑毛的貓是巫婆的化身。我這麼說並不是要表示我太太對這一種說法很認真相信，之所以提到這一點，只因為我碰巧想起這件事而已。

我們這隻黑貓名叫布魯托，牠是我最鍾愛的寵物兼玩伴。我負責照料餵養牠，牠也總黏著我，跟著我在屋裡四處晃，有時我還得費很大的功夫，才能防止牠跟著我上街。

我與布魯托的友誼維持了好幾年。在這段期間裡，我因貪戀杯中物，多喝了幾杯酒——我必須心虛地懺悔——導致個性有了極大明顯的轉變。日子一天天過去，我的個性愈來愈陰晴不定、愈來愈暴躁易怒，也變得不在乎別人的感受了。我對太太惡言相向，甚至到後來拳腳相向，沒錯，那些寵物自然也感覺到我的改變了。

我不但忽視牠們，還會虐待牠們。不過，我對布魯托例外，至少有點憐憫心，不會虐待牠，但對那些小兔子、猴子與狗，只要一看到牠們，我一定會肆無忌憚地故意凌虐一頓。到後來，我的病情愈來愈嚴重，還有什麼病比酒精中毒更嚴重呢？到最後，就連布魯托這隻又老又乖戾的貓，也開始感覺我愈來愈差的脾氣。

一天晚上，我自城裡一處常光顧的酒館回到家，當時喝了不少酒，有點微醺，誤以為這隻貓老是想躲開我，於是一把抓住牠。牠被我如此粗暴的舉動嚇壞了，所以用利牙咬傷了我的手，留下傷口。我頓時氣炸了，我甚至認不出我自己，彷彿靈魂出竅似的，一個比魔鬼還邪惡的念頭竄了出來，在酒精催化下，刺激著我每一條神經。我從背心外套的口袋裡掏出一把小刀，抓住這個可憐傢伙的脖子，故意將牠一隻眼睛從眼眶裡挖了出來！當我在寫這件該死的暴行時，內心感到分外慚愧、痛苦與害怕。

隔天早上睡醒後，昨夜酒意全消，大腦開始了正常理智的運作。我對自己所犯下的暴行，一半感到害怕，一半感到懊悔，但頂多也只是淡淡的、不是很確定的感覺，我的靈魂對所發生的一切還是不為所動。沒多久，我又澈底陷入這種荒唐飲酒的深淵裡，也把這些不愉快回憶通通沉入酒甕底。

這隻老貓的傷口漸漸復原了，缺了眼珠的眼眶露出來，那景象老實說真的很可怕，不過牠後來好像不怎麼痛了。布魯托還是在家裡四處遊蕩，但只要我靠近，牠馬上嚇得飛也似的逃走。

我從前的好性情不復往日，看到這隻曾與我如此親密、現在卻明顯憎惡我的貓，剛開始還是難免覺得感傷，不過這種情緒很快就被憤怒取代了。

邪惡的思緒蒙蔽了我的心，我彷彿陷入最深、最萬劫不復的五里深淵。

哲學上從未重視過這種心情，我確信我靈魂裡那股邪惡是人類內心原始的衝動本性之一——那是一種無法被抽離的原始本能，或者是一種引領人類性格的情緒。有哪個人沒做過蠢事或壞事？理由很簡單，只為了明知不可為而為。難道我們沒有愛唱反調的傾向，總是喜歡違背常軌，即使我們早就知道事情會是如此？最後，這種邪惡的思想占領了我的腦袋，我的靈魂以一種難以理解的渴望困擾著自己——它渴望暴力來滿足本質，只為了想要犯錯、做出壞事。這些念頭一直慫恿著我、糾纏著我，於是我終於對這隻貓做出天大的傷害。

某天清晨，我像劊子手般冷血無情地做了個活結，套在這隻老貓的脖子上，把牠吊死在樹上，當時我淚流滿面，非常懊悔自己的衝動。我吊死牠，只因我知道牠曾經喜歡過我、而又無理冒犯了我，所以促使我犯下不能原諒的罪行，也讓我不朽的靈魂受到了傷害。如果真的有永生這一回事的話，那麼連最仁慈及最殘酷的天神都無法再憐憫我了。

吊死老貓的那天夜裡，我被一陣失火的叫喊聲驚醒。

我床邊的布幔著火了，整棟房子都陷入火海，我和太太還有佣人費了好大的力氣，才從這麼大的火裡逃出來。這場火燒得很澈底，我所有的財產都付之一炬，化為烏有，從那時起，我就因為過於絕望而不得不認命。

我不再膽怯懦弱，更希望能在這場大火與吊死老貓的那樁暴行間，找出這整件事的因果關係。我逐一檢視這一連串發生的事件，試著不遺漏任何一個可能有關的部分。火災發生後的第二天，我回到自己已經變成廢墟的家，這裡除了一道牆外，其他全都在大火中倒塌了。這一道牆是用來隔間的，並沒有很厚，位在房子中央，正是我床頭的位置。這道牆因為最近重新粉刷的關係，牆上的灰泥阻絕了火舌的吞噬。

這道牆的前面聚集了一大堆人，其中一些人似乎正急切地仔細研究牆上的一小塊地方。

「這真是太奇怪了！」

「簡直不可思議！」

眾人的陣陣驚呼聲，激起了我的好奇心。我向前一看，發現那面白色的牆上好像被刻上一幅淺淺的浮雕，浮雕的樣子看來像是一隻巨大的貓！這幅景象真的就像奇蹟一般，因為貓的脖子上竟然有一條繩索。

我第一次看到這幅景象時，心裡的迷惑與恐懼已經攀升至最高點，幾乎沒辦法不去正視這種高漲的情緒，不過最後我的心緒還是回復正常了。我記得這隻貓是被我吊死在房子旁邊的花園裡，當火災警報鈴響起之時，花園裡一定立刻擠滿了人，可能是那時候有人看到被吊在樹上的牠，於是把牠扯了下來，從敞開的窗戶丟進我的臥室。大家這麼做的目的，可能是要叫醒沉睡在夢中的我，這隻可憐的黑貓被壓到剛刷上灰泥的新牆上，火勢以及屍體所流出的阿摩尼亞相互作用，把牠的樣子烙印在這面白牆上，因此成就了我們所看見的奇蹟景象。

雖然我已經對這番駭人的畫面做出一番解釋，但由於受到良心的苛責，這件事一直在我腦海揮之不去，留下極深刻的印象。

有好幾個月的時間，我根本無法擺脫那隻貓的陰影。這段期間裡，我的心中又泛起了一股多愁善感的情緒，但並非感到後悔的那一種。我很遺憾失去了這隻貓，因此我常常在自己廝混的那些酒館裡，四處找尋著貓的蹤跡。我在尋找與布魯托相似的容貌，來填補牠在我內心的空缺。有一天晚上，我在一間聲名狼藉的小酒館裡喝酒，我喝到有點暈頭轉向了。

忽然間，眼前掠過一抹黑影攫取了我的注意力！這間酒館裡有一大堆數也數不清的琴酒桶還是什麼蘭姆酒桶，那個黑影就靜靜盤據在木桶上。我盯著這個木桶上方好幾分鐘，讓我驚訝的是，我一開始竟沒發覺那是什麼東西。

我緩緩靠近牠，用手碰牠，沒想到那竟然是一隻黑貓！體型非常龐大的一隻貓，幾乎與布魯托一樣大，而且長得像極了！不過，牠與布魯托有一個地方明顯不同：布魯托全身長滿了黑毛，但這隻貓的整個胸口覆蓋著一撮不甚明顯的白毛。

這隻貓被我摸著的時候，立刻站了起來，滿足地發出呼嚕呼嚕聲，身體不停靠著我的手廝磨，看起來好像很高興我終於注意到牠了。牠就是我一直在找尋的貓啊！我馬上向老闆出價，打算買下牠，不過老闆沒向我收錢，因為他從未見過這隻貓，也不知道牠是從哪裡冒出來的。

我不停撫摸牠，當我準備回家時，牠也起身跟我一起走。我讓牠跟著我，一路上不時彎下腰拍拍牠，回到家以後，牠馬上適應了新家的環境，變成我太太的新寵兒。

不過，我很快地發現自己心中升起一股厭惡的情緒，並且不斷滋長擴大……這種感覺與我原先所期待的完全相反，我真的不明白為何會這樣，牠是這麼喜歡我，我卻覺得強烈憎惡、討厭牠。不知不覺地，這些令人不悅的感覺後來竟演變成一股強烈的恨意。

我一直躲著這隻貓，基於一種羞愧感、以及尚未完全忘記之前曾做過的暴行，我不敢真的對牠拳打腳踢。有好幾個星期，我都不曾毆打牠，也沒有用其他不人道的方式虐待牠，但慢慢地……非常緩慢，我開始用一種筆墨無法形容的憎惡眼光看這隻貓，只要一看到牠討厭的樣子，我轉身立刻逃走，那樣子彷彿是在避開黑死病的威脅。

另外，我帶牠回家的第二天就發現一件事，這件事更加深了我對這隻貓的厭惡。那就是——這隻貓與布魯托一樣，缺了一隻眼睛！

看到牠這種楚楚可憐的模樣，我太太益發疼愛牠。我曾經說過，我太太是個非常仁慈的女人，我曾經也是這樣的人，這種個性為我帶來許多天真純潔的喜悅。

雖然我愈來愈討厭這隻貓，但牠卻是愈來愈喜歡我。牠用一種你們可能無法理解的方式糾纏著我。我走到哪，牠便跟到哪，只要我一坐下來，牠就馬上蜷曲在椅子旁，要不就是跳上我的膝蓋，在我身上磨來磨去，讓我覺得噁心欲嘔；如果站起來準備要走，牠就一定會在我的雙腿間鑽來鑽去，時常差點絆倒我；或者牠會伸出牠又長又利的爪子，用這種辦法爬上我的胸口。每當這時候，我都有一股衝動想要殺了牠，但我還是忍著沒這麼做，一部分理由是因為我真的還沒辦法對自己之前的暴行釋懷。另一方面，我必須承認，我真的怕死了這隻畜牲！

我的這種恐懼，並不是懼怕某種真實存在的邪惡，不知道該怎樣才能說明白，即使像我這樣的大壞蛋，也非常羞於承認這樣的事實。

實際上，這隻貓在我心裡所激起的恐懼感，在一種如夢似幻的作用下愈演愈烈。我太太不止一次提醒我注意這隻貓胸口的那一撮白毛。我曾說過，這撮白毛是這隻貓與被我吊死的布魯托之間唯一的不同點。我先前詳述過，這搓白毛的面積雖然很大，但不甚明顯，大家應該還記得吧！雖然我掙扎許久，不願相信這是真的，但那撮白毛以一種極為緩慢的速度——慢到幾乎讓人無法察覺——變成一道明顯的痕跡，牠現在的樣子簡直就跟牆上那幅浮雕畫沒兩樣！

光是提到那幅景象，就夠讓我嚇得膽顫心驚了。就憑這一點，我更是討厭牠、害怕牠，恨不得馬上甩掉這隻怪物……如果我有那個膽子的話。這幅浮雕畫裡那個蒼白、恐怖的景象，現在看來就好像一個絞首架一樣！天啊，那是多麼令人感到悲慘恐怖的工具，非常令人毛骨悚然，分外邪惡，讓人感受到死亡的痛苦！

現在的我，比那些卑微可憐的人還要可悲。這隻畜牲……我曾衝動殘殺了牠的同類，而牠竟反過來設計我……牠竟對這麼一個以上帝形象創造出來的我設下圈套，誘捕我承受那麼不堪的痛苦！不論白天或夜晚，我都不可能再擁有安寧的日子了！白天的時候，這隻畜牲總不停糾纏著我，到了夜晚，牠熱呼呼的氣息拂過我的臉龐，沉甸甸的身軀壓著我的身體，時常害我從睡夢中驚醒，那種感覺就像被夢魘纏身，卻又無力擺脫，這一切都成了我心中永遠的重擔與包袱！

我內心深處僅存的那一絲微弱的善良，終於不敵這種惱人的折磨，慢慢泯滅了。邪惡的思想——最黑暗、惡毒的思想——成了唯一瞭解我的知己。我陰晴不定的脾氣，更讓我對周遭的所有事情、所有人都產生了極大的恨意。我盲目地放縱自己那狂暴、脫韁野馬般的憤怒，而我善良無怨的妻子就成了我情緒下最無辜、最倒楣的犧牲者。天啊！

有一天，為了一些事，我太太陪著我進入老房子的地窖內。我們現在真的很窮，所以只能暫時把這裡當作棲身之處。這隻貓和我們一起走下樓梯，樓梯非常陡峭，牠害得我差點往前栽了下去，我可真是氣炸了！一氣之下，便忘了心頭那股尚未消失的幼稚恐懼，順手拿起一把斧頭朝這隻畜牲砍了過去。當然，如果斧頭如我所願劈下去，這貓必死無疑，但我太太卻用手抓住了盛怒的我。她這個舉動讓我陷入更狂暴的情緒裡，我抽出被她緊抓著的手臂，把斧頭深深插入她的腦袋！

她當場倒下，沒有氣息，死了。

殘忍地殺害了我太太之後，我毫不遲疑開始構思要如何處理這具屍體。我知道，不論什麼時候，我都沒辦法順利躲過鄰居的目光，將屍體運送出去。此時，我心裡已經有好幾個處理屍體的腹案了。

一開始，我想到要把屍體支解成幾個小塊，然後放火燒掉，湮滅證據。後來我又想到，我可以在這個地窖裡挖一個洞，把屍體埋進去；又或著我把屍體放到後院，將屍體像貨品一樣用箱子裝起來，然後叫個車伕來把箱子搬出去，這也是個可行的辦法。

最後，我想到了一個最棒的辦法……我決定就像中古世紀的僧侶處理他們的犧牲品一樣，把屍體埋進地窖的牆裡！

這個地窖的設計正好符合我的需求。地窖的隔間比較鬆散，而且最近才全部重新粉刷過牆面。而地窖裡的溼氣重，牆上剛刷的新灰泥都還沒乾透。其中有一道牆有一個突起處，那可能是個已經無用的煙囪或火爐，但現在也被灰泥全部填滿了，外表看來與其他地方沒什麼兩樣。我想，我可以輕易搬開這些磚塊，再把屍體塞進去，封起來後用灰泥再刷上一遍，這樣一來，就沒有人可以看出任何蛛絲馬跡了。

最後的這個打算果真如我預料。我很輕易地就用鐵鍬撬開磚頭，並且小心翼翼地把屍體塞進比較靠裡面的內牆裡，我沒用太大力氣就把整個地方弄回原來的樣子，然後，再用石灰、沙子調出與以前幾乎一模一樣的塗料，謹慎地把這道牆重新粉刷一遍。大功告成了，我相當滿意自己的傑作，一切弄得天衣無縫。這道牆完全看不出曾被動過手腳的痕跡，地板上的碎屑也都被仔細掃過了。我欣喜若狂地環顧四周，告訴自己：「一切都已經處理完畢了，我的力氣總算沒有白費。」

接下來要做的事，就是揪出那隻該死的畜牲，牠才是引發這一切罪惡的罪魁禍首，我決心宰了牠。

牠現在如果被我看見，一定穩死無疑，不過這隻狡猾的畜牲好像警覺到我之前的狂怒所帶來的暴力傾向，所以躲起來了，不讓我找到牠。

想到這隻令人噁心欲嘔的貓終於消失了，心中那股深沉狂喜的感覺也浮了出來，真是筆墨難以形容。事發當晚，這隻貓沒有出現，隔天晚上也沒有。這是在我帶這隻貓回家後，第一次能夠睡個安穩香甜的好覺，即使我的靈魂背負著謀殺的重擔，我還是一夜好眠到天亮。

第二天和第三天都平靜度過了，這隻一直折磨著我的貓還是沒有出現，我再度覺得自己像個自由的人，呼吸著自由的空氣。這隻恐怖的怪物已經永遠消失了，再也不會出現了。

我覺得自己真是快樂到了極點，對這種種惡行所帶來的罪惡感絲毫不為所動。有人來查過幾次，都被我巧妙地打發過去，甚至警方都來家裡搜索過一次，都無功而返。我深信，未來的日子我肯定可以高枕無憂了。

謀殺案發生後的第四天，家裡忽然來了一群警察，他們又把房子澈底搜查一遍，因為我藏屍的地點實在太隱密了，一點都不擔心警方的搜查，因此我非常輕鬆自在。警察要求我陪他們一起搜查，任何一個角落都不放過。檢查了四、五遍之後，一行人走下地窖。

我完全不為所動，心跳也像熟睡般沉穩。我雙手抱胸，在地窖裡四處走動，故作輕鬆的樣子。警察們似乎對結果感到滿意，正準備要離開，此時我心中洋溢著狂喜，忍不住想說些話，像是要炫耀自己的勝利一樣，再度向警察們確認我的無辜與清白。

「各位警察們……」我在最後大家準備上樓時開口說話：「我很高興你們已經不再像以前那樣懷疑我了，同時也敬祝各位身體健康，並且能對我更有禮貌一點。順帶一提，各位先生，這棟房子還造得真是堅固啊！」一種狂喜的慾望促使我想說一些輕鬆的話語，但我真的完全不知道自己在說些什麼。「這真是一棟非常堅固的建築物。這些牆……啊，你們要走了嗎？先生，這些牆造得真是好！」我為了裝模作樣，竟拿起手上的拐杖往埋著我太太的那道牆連敲了好幾下。

啊！上帝保佑我，把我從惡魔的手中拯救出來吧！敲牆壁的回音還沒停止，牆裡面就傳出了像是孩子的啜泣，回應著我的敲打聲。那聲音一開始有點斷斷續續、悶悶的，但隨即又變成一道又長又大聲的尖叫聲，聲音根本沒有連結，完全不像是人發出的聲音……那是一種哀嚎的聲音……一種又哭又叫，結合恐怖與喜悅的聲音，彷彿是從地獄裡傳來的，受到詛咒的人們發出的悲鳴聲，那是魔鬼的歡呼聲！

回想起來，我當時真是愚蠢極了！一陣暈眩之際，我竟走到牆的對面，那群警察全被我的舉動嚇壞了，待在樓梯上目不轉睛地看著。

沒多久，他們幾十個人便聯手撬開那面牆壁。整片牆挖開後，之前被我塞進去的屍體已經腐爛發臭了，上面還有幾處凝固的血塊，這具屍體直挺挺地站在所有人面前。而那隻貓竟然就正坐在屍體的頭上，張開血盆大口，眼裡燃燒著熊熊恨意之火。

就是這隻畜牲！害我犯下了這樁謀殺案，牠為了報復我，還發出通知劊子手就是我……凶手的密告，因為，我把牠與我的妻子一起封進牆裡了。

The Tell-Tale Heart

洩密的心臟

A.D. 1843

但聲音還是沒有停止，一直持續著，而且變得非常清楚，直到最後我終於明白……這聲音不是從我耳朵裡傳來的。

沒錯！神經緊張……我一直以來，就非常、非常容易神經緊張！

但你為什麼「硬是」要說我瘋了呢？這種毛病使我感官變得更敏銳……它們完全沒有被毀，也沒有讓感官變得太遲鈍。我的聽力尤其敏銳。

天堂與凡間的種種聲音，我都聽得到。我也聽到了許多地獄裡的事情，既然如此，我怎麼可能會是瘋了呢？你聽好！我會把整個故事都告訴你，讓你看看我是多麼正常而冷靜的。

這個念頭一開始怎麼竄進我的腦袋的，實在一言難盡。但每當我想起這個念頭，它就會日日夜夜糾纏著我。我沒什麼目的，也說不上什麼特殊情感因素，我就是喜歡這個老頭。

他從沒有得罪過我，也沒對我說過難聽的字眼，我更不是貪圖他的金銀珠寶。我想，大概都是因為他的眼睛吧！沒錯，就是這樣！

他有一雙像禿鷹般的眼睛——蒼青色的，上面還覆蓋著一層薄膜。

每當那雙眼睛看到我這裡時，我全身血液彷彿將要凝結一般。就這樣，慢慢地……一步一步，我下定決心要取這老頭的性命，我要永遠擺脫那雙盯得我頭皮發麻的眼睛。

我想，這就是重點所在了。

你以為我發瘋了，瘋子可是什麼都不懂的。不過你應該看看我，看看我是多麼謹慎的態度來做這件事……考慮得非常周詳，一點也不露聲色！

就在我殺害這老頭的前一個星期，我對他表現出前所未有的關切。每天晚上午夜時分，我就會打開他的門鎖，推開門……啊！我的動作是多麼靜悄悄呀！我把門推開到剛好能夠讓頭伸進去的寬度，先將一盞已被遮住光的提燈伸進去，我用罩子將這盞燈密密實實地包了起來，完全不透光，然後再將頭探入門內。喔！你要是看見我靈巧地把頭探入門內的模樣，一定會覺得很好笑。我緩緩地、一點一滴地把頭探進去，這樣才不會把那老頭從睡夢中驚醒。

我花了整整一個小時，才把整個腦袋探進他的門縫。這樣一來，我就可以看到他了，他現在正躺在床上呢！哈！瘋子會像我這麼聰明嗎？等到我把頭完全伸進房門裡後，才小心翼翼地把提燈的罩子拿開。一定要很小心才行、非得仔細點不可，因為絞鏈會發出吱吱嘎嘎的聲音，我只把燈罩挪開一點點，讓提燈露出一絲光線而已，剛好就照在那隻禿鷹般的眼睛上。

在這七個漫長的午夜時分，我都做著相同的事……但是我發現，那眼睛總是閉著的。這麼一來，我根本無從下手——因為惹惱我的並不是那老頭本身，而是他那邪惡如禿鷹般的眼睛。每天早上天剛亮時，我便厚顏無恥地闖進他的房間裡，大膽地與他說話，親切地叫喚他的名字，還順便詢問他昨晚是否睡得安穩。所以你就能明白，除非他真的是個深藏不露的老頭，否則怎麼可能會懷疑我每天晚上十二點整的時候，都會趁著他睡覺之際跑去偷窺他呢！

到了第八個晚上，我比平常還要小心地打開門。我的動作很輕、很慢，連手錶分針移動的速度都比我還快。直到這個晚上，我才發現自己非常有能耐、非常靈敏聰明！我簡直壓抑不住我滿腔的喜悅與得意！你想想看，我就這麼一點一點、慢慢地把門打開，他做夢也想不到我背地裡的舉動和想法。

一想到這裡，我幾乎要笑出聲來。他大概聽見了我的聲音，因為他突然在床上翻動了一下身體，好像受到驚嚇似的。現在你可能會認為，我應該打退堂鼓，抽身回來才對吧？我才不要呢！老頭的房間非常暗，伸手不見五指——因為他怕被強盜搶劫，所以窗戶總是關得緊緊的——所以我知道他看不到自己的門已經被打開了，所以我繼續慢慢地、一點一點地推開門。

我把頭伸進房門，準備挪開提燈上的燈罩，當我的手指摸到了鐵皮扣環時，老頭突然從床上跳了起來，大聲喊叫著：「誰在那裡？」

我靜靜地站著不動，大氣都不敢吭。有一個小時之久，我的肌肉連動都沒動一下，不過這段期間，我也沒聽到他躺回床上的聲音，他還坐在床上，豎起耳朵聽四周的聲音——就像我夜復一夜，聽著牆壁上報時鐘的聲音一樣。

沒過多久，我聽見一聲低沉的呻吟聲，我知道只有被嚇壞的人才會發出這種聲音。那種聲音不是痛苦或哀傷所發出……喔，不是這樣！那是害怕到了極點，才會從靈魂深處釋放出那種喘不過氣的低沉聲音。我很熟悉這種聲音，在無數的午夜時分，正當全世界的人都沉入夢鄉後，我的胸口就會湧出這種聲音，夾雜著可怕的回音，更加深了我內心的恐懼感。我很瞭解這種聲音，所以我知道這老頭心裡的感覺是什麼，雖然我內心竊笑不已，但還是忍不住覺得他很可憐。

我知道，打從第一個聲音響起後，他便從床上翻了身，一直清醒地躺在那裡。恐懼感在他內心不斷滋長、擴大……他努力說服自己，一切都沒事，不需要害怕，但他辦不到。他不停告訴自己：「那聲音不過是一陣風吹進煙囪裡而已，根本沒什麼好怕的。只是一隻老鼠爬過地板的聲音，或只是蟋蟀叫聲而已！」

沒錯，老頭一直想辦法找些合理的解釋來安慰自己不安的情緒，可是他發現這些毫無用處。完全沒有用，因為死神正一步步逼近，張著他黑色的陰影，躡手躡腳地把這個犧牲品納入懷裡。他感覺到這股難以察覺的陰影所帶來的悲傷感受，雖然他看不見，也聽不到……我的頭正在他這個房間裡。

我耐著性子等了好久，一直沒聽見他躺下去的聲音，於是心一橫，決定要把燈罩拉開一小角，只要一點點細縫即可。所以我將燈罩打開了……你很難想像，我是多麼冷靜，偷偷摸摸地做這件事，終於，從燈罩的細縫中洩出一絲微弱的光，就像蜘蛛絲一樣細，直直照射在那禿鷹般的眼睛上。

那眼睛睜得又圓又亮……又圓又大……盯著那眼睛瞧的當下，不禁一股怒火湧上心頭。我看得很清楚，那一團陰沉沉的藍，上面還覆著一層醜陋的薄膜，就是這眼睛，讓我全身骨頭冰到極點。可是我看不見那老頭的身體和臉，大概是出於本能，我直接把那道光不偏不倚地照射在那該死的眼睛上。

我不是跟你說過了嗎？你以為我瘋了，其實我只是感官比別人更敏銳而已……嗯，我現在告訴你，一陣低沉、窒息又快速的聲音傳進我的耳朵，就像手錶被包在棉團堆裡發出的聲音。這聲音我也熟悉得很，是那老頭的心跳聲。這聲音更是讓我胸中的憤怒沸騰，彷若戰鼓聲轟隆隆，激勵官兵士氣一樣。

但我還是控制住了自己的怒火，保持鎮定，大氣也不敢喘一聲。我動也不動，牢牢抓住手上的提燈，盡力穩住手，讓光線照在那眼睛上。此時，老頭的心跳聲彷若來自地獄的號角聲般，愈來愈響亮。他的心跳不斷加快，聲音也愈來愈大聲。這老頭肯定是害怕到了最高點！

他的心跳聲愈來愈大……我告訴你喔！一聲比一聲更響亮……你聽清楚我在說什麼嗎？我曾經告訴過你，我非常神經質，我就是這樣子。

夜深人靜的時刻，老房子內瀰漫著一種可怕的沉靜。這種奇怪的聲音，硬是把我嚇得半死，忍不住陣陣恐懼湧現。但我還是努力克制住自己，保持不動好幾分鐘，可是，那心跳聲愈來愈響亮……愈來愈大聲！我猜那顆心臟一定快要爆炸了。

如今我心頭又湧上一股新的焦慮……左鄰右舍的鄰居們一定會聽到這麼大聲的心跳！今天該是老頭的死期了！我大聲一叫，把提燈上的燈罩完全拉開，隨即跳入房裡，老頭淒厲地大叫起來。他只叫了一聲，因為，我瞬間將他拖到地上，用厚重的大床墊壓住他的身體。等一切都大功告成時，我不禁沾沾自喜地笑了起來。不過，那沉悶的心跳聲又持續響了好幾分鐘。我現在一點也不擔心了，就算隔著牆也聽不到這些聲音吧！心跳聲終於停止了。老頭已經死了。我把床移開，察看一下屍體。沒錯，他已氣絕身亡了，屍體硬得與石頭沒有兩樣。我把手放在他的胸口好一會，直到感覺脈搏停止。他死了，身體硬邦邦地躺在地上。他的眼睛再也不會困擾我了。

如果你還是覺得我瘋了，那我就告訴你我是用了哪種精明的方法，把他的屍體藏得好好的，到時候你就再也不會以為我瘋了。

夜色已晚，我得趕緊將屍體處理掉，但我不得不躡手躡腳地處理著，不能發出任何聲音。我先將屍體支解，把頭、手和腳都剁了下來。

然後，把房間地板上的三塊板子掀起來，將所有屍塊埋藏在這些承接木中間，再把板子鋪回去，一切都做得有如鬼斧神工般的巧妙，簡直完美無缺，沒有任何人——即使是他的眼睛——看得出破綻。我實在太謹慎了，沒什麼地方需要洗刷，也沒留下任何痕跡，連一點血跡都找不到。你看，一只大澡盆就把一切解決了……哈！

當所有工作都完成時，已經接近凌晨四點了！這時天色仍暗得像半夜一樣。時鐘剛報完時，突然就傳來一陣敲門聲。我一點都不緊張，帶著輕鬆的心情下樓應門，我現在還有什麼好怕的呢？

敲門的有三個人，他們客氣地向我表明身分，原來是三位警官。

有個鄰居在夜裡聽到尖叫聲，懷疑出了什麼事，於是便向警察局報案，他們就是奉命前來搜查這間房子的。

我面帶微笑，我還有什麼好害怕的呢？我熱心招呼著這幾位客人，告訴他們說那尖叫聲是我半夜做噩夢喊的，至於那老頭，我說他回鄉下了。我帶警官們繞著整間房子走了一遍，讓他們仔細搜查。最後，我帶他們來到老頭的房間，還把他的個人財物秀給警官看，全部都在，沒人動過。

我自信滿滿，也特別熱絡，還主動搬了幾張椅子到這個房間來，堅持要他們在這裡休息一下。至於我呢？因為太有把握了，膽子也變得很大，竟然搬了椅子放在底下埋著老頭屍塊的地板上，坐了下來。

警官們很滿意搜查的結果。我的態度消除了他們的疑慮，我真覺得自在！他們就坐在那裡閒話家常，一旁的我微笑應答著。可是沒過多久，我覺得自己臉色蒼白，巴不得他們趕快離開這裡。

我開始頭痛，耳朵也嗡嗡作響，可是他們還繼續坐在這裡，天南地北聊個不停。我耳朵裡的嗡嗡聲愈來愈清楚了……不停嗡嗡作響，聲音越來越清楚，於是我更發狠地講話，試圖擺脫這種不悅感，但聲音還是沒有停止，一直持續著，而且變得非常清楚，直到最後我終於明白……這聲音不是從我耳朵裡傳來的。

我想，我現在的臉色一定很蒼白，但我還是滔滔不絕地說著話，不知不覺提高了音調。嗡嗡作響的聲音還是愈來愈大……我該怎麼辦呢？那是一股低沉、窒息又快速的聲音，像是手錶被包在棉團裡所發出的聲音。我簡直快喘不過氣來了，但警官們竟然沒聽見這個聲音。

這個惱人的聲音不斷增強，我說話的速度也愈來愈快、愈激昂熱烈。我站了起來，和他們聊起一些無聊瑣碎的事，我的嗓門變得很大聲，手腳還不時慌亂地揮來比去，不過討厭的聲音依舊愈來愈大聲。他們怎麼還不走呢？我踏著沉重的步伐在房間地板上踱來踱去，假裝好像被他們的看法激怒。這個聲音還不斷拉高……喔！天啊！我到底該怎麼辦？

我口沫橫飛地胡說八道著，甚至還罵起髒話。我搖晃著自己坐的那張椅子，讓它敲磨著地板，發出嘎嘎聲，不過那個討厭的聲音竟大到蓋過了其他聲音，不停響著，愈來愈大聲……愈來愈大聲！

警官們繼續聊著天，還有說有笑的，難道他們沒聽見這個聲音嗎？怎麼可能？萬能的神啊！不對，他們都聽見這個聲音了！他們開始懷疑我了！他們全都知道了！他們全都在恥笑我的害怕！我當時是這樣想的，現在還是這樣認為。沒什麼滋味比這種痛苦還要難受！與這種嘲笑相比，其他的事情我都能忍受！我再也受不了他們那些虛偽笑容了！我要是再不叫出聲來，肯定會死掉！就是現在⋯⋯又再一次！你聽！那聲音愈來愈大聲！愈來愈大聲！愈來愈大聲！

「你們這些惡棍！」我大聲尖叫：「不要再裝了！我承認這件事是我幹的！把木板掀開來！就是這裡，在這裡！那就是這老頭恐怖的心跳聲！」

The Golden Bug

金甲蟲

A.D. 1843

他惱怒地接過紙片，正準備將它揉成一團、丟進火堆裡時，瞄了圖一眼，忽然間，其注意力完全集中在此，臉色突然漲得通紅……接著，又變得非常蒼白。

多年以前，我與威廉．勒格朗先生來往密切。他出身於古老的于格諾世家，家境曾相當富裕，但後來發生了一連串的事件，讓他的生活陷入貧苦。為了躲避那些災難所帶來的屈辱，他離開了世居紐奧爾良，來到南卡羅萊納州，在查爾斯頓附近的蘇利文島定居下來。

這座島非常奇特，除了海沙之外，幾乎沒有其他東西，島的長度約為三英里。這座島任何一面的寬度都不超過四分之一英里，有條小到幾乎看不見的河川，分隔了這座島與大陸，這條河川穿過一片滿是蘆葦與爛泥的荒地，緩緩流動著，那一帶是沼澤母雞最喜歡聚集的地方。

這裡的植物都很罕見，就算有，也都長得不怎麼高大。這裡根本看不到大棵樹木。靠近島的西側，矗立著穆德立砲台，還有些許簡陋的木造建築物，夏天時，那些想逃離查爾斯頓塵土與酷暑的人們，就會跑來這裡租木屋避暑，這座島也只有在此才能看到一大片巴爾麥棕櫚樹。不過，整座小島除了西側，以及沿著海岸的一片純白沙灘外，其他地方全都長滿了一種極為矮小的植物，那就是讓英國園藝家讚賞不已的桃金孃[1]。這些矮樹通常都只會長到十五至二十英寸高，形成了一片幾乎讓人寸步難行的矮樹林，空氣中還散發著一股芳香氣息。

勒格朗在這片矮樹林的最深處——也就是島較遠的那一端，或者說在東側不遠處——替自己蓋了間小茅屋。當初我與他偶遇時，他就已經住在那了。我們很快地培養出深厚的友誼，因為隱居於島嶼的生活，他有著許多足以激起人的興趣與敬重之處。我發覺他有著良好的學識，以及超乎尋常的心智能力，只不過他太憤世嫉俗，容易被突如其來的情緒所左右，有時很熱情，有時卻很憂鬱。他身邊總帶著不少書，不過卻很少看他翻閱這些書。勒格朗最大的興趣就是射擊與釣魚，或者沿著海岸，穿越桃金孃林閒晃，撿撿貝殼，蒐集昆蟲標本——他所蒐集的昆蟲標本，就連最有名的植物學家斯瓦莫頓都會羨慕不已。

每次他出門閒晃時，身邊都會帶著一位名叫朱比特的老黑奴。這黑奴早在勒格朗家族衰敗前就被釋放了，但不論用何種方法威脅，或是與他約法三章，他都不肯放棄他已被認定的義務，非得寸步不離地跟隨著他的「威廉少爺」。也或許是因為勒格朗的親戚們認為，勒格朗心性尚未成熟安定，故意將這種固執的想法灌輸給朱比特，目的是為了要朱比特監督、以及保護勒格朗。

就蘇利文島的緯度來說，冬天鮮少有嚴寒感，在秋天生火取暖，也算是件罕見的事。然而，約在一八一一年十月中旬左右，有一天卻寒冷地出奇。

就在太陽下山前，我穿越過一大片樹林，前往朋友的小茅屋，我至少有幾個星期沒去拜訪他了……當時我住在查爾斯頓，離這座島約有十四公里之遠，而且當時往返交通設備並不如今日發達。

到了勒格朗的小茅屋後，我習慣性地輕輕敲了門，但沒人應門，我知道他把鑰匙藏在哪裡，於是自行打開門進屋。壁爐內的火燒得很旺。這可真是一件新鮮事，但絕不是令人不愉快的事。我脫下外套，拉了一張有扶手的椅子，坐在燒得劈啪作響的木堆旁，耐心等待著屋主歸來。

天色暗下來不久，他們就回來了，而且非常熱誠地招待我。朱比特咧嘴大笑，匆忙地宰殺幾隻沼澤母雞作為晚餐，勒格朗熱情澎湃，要不我該怎麼形容呢？他發現一種不知名的兩瓣類植物，在植物學上因此有了新的分類。另外還有一件更重要的事，就是他在朱比特的幫忙下，捕捉到了一隻聖甲蟲，他相信這也是全新的發現，不過，他倒是希望等到明天，再聽聽我對這隻甲蟲的意見。

「何不今晚就讓我見識甲蟲呢？」我雙手在火上搓揉著手取暖並問道，但心裡反倒希望所有的甲蟲都絕跡了。

「唉呀，要是早知道你會來就好了！」勒格朗這麼說道：「不過，我這麼久沒見

金甲蟲

到你，真是沒想到你會挑今晚來看我！剛才在回家途中，我遇到了從砲台那裡來的G上尉，我竟蠢到把甲蟲借他！所以，你在明天早上以前是絕對見不到這隻甲蟲的，今晚就留下來吧，等明天旭日東升，我就派朱比特去把甲蟲拿回來。這可說是全天底下萬物中，最最可愛的小東西了。」

「什麼？你指日出嗎？」

「亂講！當然不是日出！我是指甲蟲。那甲蟲全身都閃耀著金光，牠背上的一端有兩個約一顆胡桃般大小的黑點，另一側有個稍長點的黑點。牠的觸角……」

「這甲蟲的身上完全沒有摻雜錫在裡面，威廉少爺，我跟你說過好幾次了……」這時朱比特插話說道：「這隻甲蟲是純金的，從頭到尾，裡裡外外都是金的，除了翅膀以外……我這輩子抓過的甲蟲，從沒有這隻甲蟲的一半重。」

「好啦！就算是這樣啦！朱比特……」勒格朗回應了他的話，認真地說道。其實在我看來，這時他實在不需要這麼認真才對，「難道這就是你把沼澤母雞煮焦的理由嗎？你看這顏色……」

「朱比特說得很對。你從沒見過像那甲蟲殼上所散發出來的閃亮金屬色澤……不過，非得你明天親眼所看，否則你不會相信我所說的話。我現在可以告訴你那隻甲蟲的大概形狀。」他坐到小桌子旁，桌上有筆跟墨水，不過沒有紙，於是拉開抽屜找紙，但是沒找到。

「沒關係！」他最後說道：「這個就可以了。」

他從背心口袋裡掏出一張碎紙片，在我看來那是張很髒的紙，他拿起筆在紙上畫了一個很簡略的圖形。他畫圖時，我因為冷的關係一直坐在壁爐旁。等他畫好了以後，沒站起身，只是伸手將圖遞給我看。

在我接過圖的同時，聽見一陣吠叫然後抓門的聲音。朱比特打開門，只見勒格朗的紐芬蘭大狗衝了進來，因為以前每次我來的時候都會特別關心這隻狗，所以牠直接跳上我的肩膀磨蹭我。鬧完了以後，我才開始看這張紙。但說實在的，我朋友畫的東西實在令我感到相當困惑。

「嗯……」我陷入沉思好一會才說道：「我必須承認，這的確是一隻很奇怪的甲蟲。我從沒見過、也沒看過類似的東西，除非那是骷髏或死人頭，這兩樣是我見過比較類似你畫中的東西。」

「死人頭！」勒格朗重複說著：「啊！對！嗯……沒錯！畫在紙上的東西確實看來很像你說的。上面兩個黑點看來就像眼睛，對不對？底下比較長的部分就像嘴巴，整個圖形就是個橢圓。」

「或許吧！」我回答他的話：「不過，勒格朗，我在想，因為你不是個藝術家或畫家，我真的沒辦法從你的畫裡判斷出這隻甲蟲真正的樣子，除非等到明天見了牠，才可能知道。」

「唉呀！我也不知道！」他不悅地說道：「我自覺畫得差強人意……但至少我還可以畫。以前我還跟隨一些名師學畫，應該畫得不算太拙才是。」

「不過，親愛的朋友，假如真是如此，那你不會是故意開玩笑吧？這像是個還看得去的骷髏……事實上，就一般人對這種生物標本的觀念來看，我可以說這真的是一個很不錯的骷髏頭，若你的甲蟲長得就像這樣，那牠一定是全世界最怪異的昆蟲。單憑這點，我們就可以編出一件驚悚萬分的故事。我在想，你可以幫這甲蟲取個叫做人頭骨甲蟲的學名，或是其他什麼的……在自然史上有很多類似的名字。不過，我在想你說的觸角究竟在哪裡啊？」

「觸角！」勒格朗似乎莫名地熱衷起這問題來，「我打賭你一定看見觸角了。我畫得非常仔細，就像那甲蟲一樣，我想這樣夠了。」

「夠了！夠了！你也許有畫上觸角……不過我沒看見……」我沒多說什麼就將紙片遞還給他，不想惹他不悅，但事情的發展卻令我大為訝異，他的壞脾氣搞得我有點不知所措……因為我確實沒在他畫的那張圖裡看到甲蟲的觸角呀，整個圖形就像骷髏頭的樣子。

他惱怒地接過紙片，正準備將它揉成一團、丟進火堆裡時，瞄了圖一眼，忽然間，其注意力完全集中在此，臉色突然漲得通紅……接著，又變得非常蒼白。他跌坐在椅子上好長一段時間，仔細盯著那張圖畫瞧。最後他站起身，從小桌子上拿起一根蠟燭，走到房裡最遠的角落，在一個航海用的旅行箱上坐了下來。

勒格朗聚精會神地研究著那張紙片，翻來覆去看著。他不發一語，不過行為卻令我吃驚。我覺得還是謹慎點，不要妄加揣測評論，以免他快要發作的脾氣更加惡化。沒多久，他便從外套口袋裡掏出一只皮夾，小心翼翼地將紙片塞進去，然後再將皮夾放進書桌抽屜裡，仔細上了鎖。

勒格朗的態度看來稍微平靜些，原先那股衝動的神態消失殆盡。然而，他看來不太像憂鬱，反倒是陷入沉思。

夜色漸暗，他也更加陷入自己的幻想中，無論我用何種辦法，他都一副置之不理的樣子，根本喚不醒他。本來我還打算在這過夜，不過，既然屋主的心情如此不定，我想還是離開比較妥當。勒格朗並沒有強迫我留下來，不過在我臨走時，他握住我的手，態度比之前更為誠懇。

自此之後，我大約一個月的時間沒見過勒格朗了。突然某天，他的僕人朱比特跑來查爾斯頓找我。我從沒看過這老實善良的老黑奴如此垂頭喪氣，我擔心是不是我的朋友遭遇了什麼嚴重的災難。

「怎麼了，朱比特？」我說道：「今天來找我有什麼事？你的主人近來好嗎？」

「唉，老爺，我就實話實說吧！他不像以往那麼好了。」

「沒那麼好？這聽了真令人擔心。他有哪裡不舒服嗎？」

「唉呀！就是這樣……他一點毛病都沒有，卻整天一副好像病得很重似的。」

「病得很重，朱比特！你為什麼不早說呢？他臥病在床嗎？」

「沒有，他沒躺在床上，他完全不躺著，才更叫人為難……我真是心疼可憐的威廉少爺啊！」

「朱比特，我實在聽不懂你在說什麼。你說你的主人生病了，難道他沒告訴你哪裡不舒服嗎？」

「老爺，這件事您不用那麼著急……威廉少爺也沒說自己哪裡不舒服，可是，到底是什麼事情讓他變成現在這個樣子呢？垂頭喪氣，老是聳著肩，臉色蒼白。不過，他手上成天都拿著一支虹吸管……」

「朱比特，他拿著什麼？」

「少爺拿著虹吸管，盯守著石板上的一堆圖形……我告訴您，那些圖形是我看過最古怪的東西了。現在想想都覺得害怕……我一定得睜大眼睛，好好盯緊他才行。那一天，他趁太陽還沒升起就偷溜出去，而且一出去就是一整天。我砍了一根大木棒，準備等他回來，好好打他一頓，可是我真是個可憐的老笨蛋，根本狠不下心打他……少爺看起來真的是一副可憐兮兮的模樣。」

「嗯？什麼？啊，我懂了！我看你最好別對那個可憐蟲太過嚴厲……千萬別打他，朱比特！他可是禁不起挨揍！不過，你難道想不出究竟是什麼原因造成他的病，或者說反常的行為嗎？上次我與你們見面之後，曾經發生過什麼不愉快的事嗎？」

「老爺，沒有啊！從那之後沒發生什麼不愉快的事……不過，我在想會不會就是在那時候，就是你在的那一天。」

「你這話是什麼意思？怎麼說？」

「呃，老爺，我是說那隻甲蟲……恐怕一切與它有關係。」

「什麼？」

「那隻甲蟲……我可以很確定，威廉少爺頭上的某個地方，一定被那隻金甲蟲咬了個洞！」

「朱比特，你為什麼會有這麼詭異的想法呢？」

「那隻甲蟲的爪子實在很利，牠的嘴也一樣，我從沒見過那麼該死的昆蟲……不管是什麼東西，只要一靠近它，它立刻還以顏色，又踢又咬。威廉少爺每次一把捉住它，不一會卻又讓它跑了……少爺一定就是在這個時候，被那甲蟲咬傷了。我一點也不喜歡這隻甲蟲的嘴，怎麼看都不喜歡，不想用自己的手指摸它，我都會找一張紙把它包起來，然後再拿一張紙片塞進牠嘴裡……我就是這麼做的。」

「所以你覺得，你主人之所以會生病，就是因為被這甲蟲咬傷的關係，對吧？」

「我根本沒多想這事……但我直覺覺得就是這麼回事。如果他不是被那甲蟲咬傷，又怎麼會一天到晚夢想著金子呢？我以前曾聽人說過有關金甲蟲的故事呢！」

「但你又怎麼知道，他做夢夢到金子呢？」

「我怎麼會知道？因為他睡覺的時候連說夢話都在說金子……我就是這樣知道的。」

「嗯，朱比特，也許你說得沒錯。不過，你今天來找我，是為了什麼事呢？」

「老爺，你說這話是怎麼回事？」

「勒格朗先生沒託你帶什麼口信給我嗎？」

「沒有啊！老爺，我只帶了這張紙條來！」朱比特緊接著遞給我一張便條紙，上面寫道：

我親愛的朋友：

為什麼這麼久沒見到你呢？我希望你沒那麼愚蠢，會記恨我那小小的無禮行為。不過，我想你是不會這樣的，不會的。

我想告訴你，自從上次與你見面後，我就遇到了一個令我焦慮不已的棘手問題。有些事很困惑。但不知如何啟齒，甚至不知道該不該告訴你這件事，我連自己都

過去這幾天，我人有點不舒服，可憐的朱比特一直打擾我，他對我的關心已經快讓我受不了了。你相信嗎？有一天他竟然準備了一根大木棒，打算打我一頓作為懲罰——因為我那天偷溜出去，獨自在內陸的山裡待了一整天。我十分確信，要不是那天我看來氣色不佳，肯定會被他毒打一頓。

自從上次見面後，我的小房間裡就沒添什麼東西。

如果方便的話，不論如何，請隨朱比特來我這兒一趟。一定要來！我希望「今天晚上」就可以見到你，我有很重要的事。我向你保證，這件事「極為」重要。

你的朋友 威廉・勒格朗

便條中的口氣，讓我覺得不安。整張便條的文體與勒格朗以前的文體有著明顯的差異。他究竟在幻想或夢想些什麼呢？還是有什麼新的想法，占據了他那超易激動的腦袋呢？他要處理什麼「極為重要」的事情呢？朱比特所說的有關勒格朗的近況，暗示著絕非好事。我還真怕他受了家道中落的影響，壓力纏身，導致他的理智動搖。為此，我毫不猶豫地隨著老黑奴一起回到勒格朗的小茅屋。

來到碼頭時，我看見我們準備搭乘的那艘船裡，放著一把大鐮刀、三把鏟子，這些顯然都是全新的東西。

「朱比特，這些東西要幹什麼用？」我問道。

「少爺要的，老爺，鐮刀和鏟子。」

「沒錯，可是它們放在這裡做什麼？」

「這些是威廉少爺堅持要我到城裡買的。這些鐮刀和鏟子可花了我不少錢啊！」

「這件事真是太神祕了，你的『威廉少爺』究竟要這些鐮刀和鏟子做什麼呢？」

「這我不清楚……但我所言屬實！否則願遭天打雷劈！不過，這一切一定都與甲蟲有關。」

金甲蟲

朱比特的思緒，已經全部被那隻「甲蟲」占據了。我從他那裡是得不到什麼滿意的答案，於是我登上船，隨後出發前往小茅屋。

今天海上吹著強風，我們很快地就回到穆得立砲台北面的那個小河口，步行約二英里，便到了小茅屋，抵達的時間大約下午三點鐘。

勒格朗殷殷期盼著我們的到來。一見到我，便神經兮兮地握著我的手，我不得不警覺起來，同時更加深了我原先的疑慮——他的臉色蒼白如鬼魅，凹陷的兩眼閃著一種詭異的光。我問他一些身體的狀況後，因為不知道還要說些什麼，於是話題轉到他是否從G上尉那拿回甲蟲一事。

「喔！我早就拿回來了！」他臉色漲得通紅地說道：「我隔天早上就去要回甲蟲了。這世上沒有任何東西能夠把我與那甲蟲分開了。你知道嗎？朱比特說得很對耶！」

「什麼說得很對？」我問他時心裡有種悲傷的預感。

「他說這甲蟲是純金的。」他說這話時臉色異常嚴肅，讓我有種說不出的訝異。

「這甲蟲會為我帶來財富……」他繼續說道，臉上還掛著得意的笑容，「讓我重振家業！如果真是如此，那也不枉我如此看重它了。既然幸運之神認為該將它賜予我，我當然得好好利用它，而且一定要依照這個指示才能找到那批金子。朱比特，去把那隻甲蟲拿過來給我。」

「什麼？那隻甲蟲嗎？少爺？我還是不要去找那隻甲蟲的麻煩，你自己去拿吧！」聽朱比特這麼說，勒格朗只好站起身，用一種神聖莊嚴的態度，把關在玻璃盒內的甲蟲拿出來。那真是一隻很美麗的甲蟲，在當時一定還沒有自然觀察者看過，從科學的角度來看，這確實是非常珍貴的一隻甲蟲。

甲蟲背上一端，有兩個圓形黑點，另一端背上，有一個長型黑點。甲蟲的背殼非常堅硬有光澤，整個外表看來像一塊磨亮了的金子。這隻甲蟲的重量不輕，經種種因素的考慮之下，我幾乎沒法責備朱比特。但是，勒格朗為什麼又與他意見一致呢？這一點我怎麼樣也搞不清楚。

「我請你過來……」待我研究過甲蟲之後，勒格特用一種很誇張的腔調說話，「我請你來，是要徵求你的意見，要你幫忙，看看你對命運與這隻甲蟲之間的關聯有何看法？」

「親愛的勒格朗啊……」我叫了出來，打斷了他的話，「你病得真不輕呀，最好多注意點。你該到床上休息了，我會留下來陪你幾天，直到你身體比較好些為止。你有點發燒，而且……」

「你摸摸我的脈搏。」他說道。

我摸了摸，老實說，他一點發燒的跡象都沒有。

「但你有可能已經生病了，只是沒發燒而已。我開個處方給你服用。你先到床上躺著，然後……」

「你搞錯了！」他打斷了我，「我其實非常興奮，在這種情況下，我的健康狀況非常好。如果你真心希望我沒事，就趕快幫我把這種興奮感去除吧！」

「你要我怎麼幫你？」

「很簡單！朱比特與我正要到內陸山裡進行一趟探險之旅，我們需要找一個信得過的人幫忙。而你，是我們唯一可以信賴的人。不管成功與否，你現在在我身上看到的這種興奮感，都會讓我保持鎮定的。」

「我由衷地想幫你的忙，」我回答道：「不過，你的意思是不是說，這隻甲蟲與你到山裡探險有關係？」

「沒錯。」

「那麼，勒格朗，請原諒我不能參與這項荒唐的行動！」

「那真是可惜……太可惜了……那麼，我們只好自己試試了。」

「你們自己試試？我覺得你們一定是瘋了！喂，給我站住！你們打算去多久？」

「可能要一整晚吧！我們現在馬上出發，無論如何，我們日出時就一定會回到這裡。」

「那這樣，你能不能以你的榮譽向我保證，等到你發瘋完了，還有這隻甲蟲的事情——老天爺啊！——得到滿意的答案後，你就會乖乖跟著我回家，聽我的建議，就像聽醫生的話一樣，可以嗎？」

「可以，我向你保證！我們現在出發吧！已經沒有時間可以耽擱了。」

我帶著沉重的心情，陪著我的朋友出發了。勒格朗、朱比特、紐芬蘭大狗還有我，我們相約四點鐘出發。朱比特把鐮刀和鏟子背在身上——他堅持獨自拿所有的東西。在我看來，與其說他很勤勞或殷勤，倒不如說他害怕他的主人拿走任何一樣東西。朱比特的行為固執到了極點，一路走來，嘴裡唸唸有詞，不過只有一句「那隻該死的甲蟲」而已。

至於我，負責提著兩盞燈籠。而勒格朗自己拿著那隻甲蟲，他把甲蟲緊緊地綁在繩子的另一端，他一邊向前走，一邊還把蟲子轉來轉去，看起來很神氣。我看到他這副模樣，非常肯定他是瘋了，身為好友的我，為此幾乎落下淚來。不過，我想最好還是先順著他的意思與幻想，維持現在這樣，直到我找到更好或更萬無一失的辦法再說吧！在此同時，我費盡力氣，想從他嘴裡探出這次探險的目的，不過卻徒勞無功。既然他已成功地騙我來這陪他，自然就沒有必要談一些不重要的話題，他對我的所有問題，一律都以「我們等著看吧！」來回應，其他什麼都不說。

我們搭了一艘小船，越過這座小島上方的小溪，登上內陸岸邊的高地，朝西北方向前進，穿越了一片甚為荒蕪的野地，那地方根本毫無人煙。勒格朗的態度很堅定，在前面領著大家，偶爾停下來一會，察看一些似乎是上次他獨自前來所遺留的記號。

就這樣我們連續走了兩個小時，待我們進入一處比以前看過的地方還要可怕數百倍的區域時，太陽正要下山。那是一塊臺地，靠近一座幾乎無法接近的小山頂，濃密的樹林從山下一直延伸至山頂，其間散落著不少巨大石塊，那石塊看來好像鬆垮垮地立在泥土上，有些石塊之所以沒掉到山谷裡，是因為被倚著的樹木支撐住的關係。流向各異的溪谷，使得這裡的氣氛更顯得嚴峻肅穆。

我們登上那座臺地，上面佈滿了密密麻麻的荊棘，穿越荊棘後，我們發現，若不用鐮刀，根本不可能繼續前進。所以，朱比特在他主人的指揮下，用鐮刀替我們開闢了一條路，直通一棵極為巨大的百合樹下。

這棵百合樹的旁邊還有約八或十棵的橡樹，可是，這棵百合樹是這塊平地上最高的一棵樹，它美麗的葉子、寬闊延伸的枝幹，以及外表所呈現出來的莊嚴，遠超越我以往所見過的樹木。我們走到樹底下時，勒格朗轉身面對朱比特，問他有沒有辦法爬上這棵樹。老黑奴被他主人這麼一問，似乎有些遲疑，好一會沒出聲。最後才朝著大樹走去，繞著巨大樹幹走了一圈，仔細研究這棵樹。待他研究完畢後，轉身對勒格朗說：

「少爺，我可以爬上去。朱比特不管什麼樹都能爬。」

「那你就趕快爬上去吧！不然等下天色變暗，你就看不見我們在做什麼了。」

「少爺，我要爬多高呢？」朱比特問他。

「你先從最大的樹幹爬上去，然後我會再告訴你要爬到哪……等一下，還有這個，把這隻甲蟲帶上去。」

「那隻甲蟲，威廉少爺！……那隻金甲蟲嗎？」老黑奴大叫起來，神色驚慌地向後退。「為什麼我一定要帶這隻甲蟲到樹上呢？我才不幹！」

「你塊頭那麼大，怎麼不敢抓這隻無害的小甲蟲呢？再不然你就用這根繩子綁著它提上去吧！若你還是不肯帶它上去，那我只好拿著劁子，把你的腦袋瓜敲碎囉！」

「你怎麼搞的，少爺？」朱比特有點怯怯地，不得已只好聽他少爺的話，「怎麼老是生我這個老黑奴的氣呢？我剛才只不過開了個玩笑，我怎麼會怕這隻甲蟲呢？一隻甲蟲有什麼好害怕的呢？」他邊說話，邊小心翼翼地抓住繩子的一端，儘量讓甲蟲離他愈遠愈好，然後準備爬上樹。

這種百合樹，是美國森林裡長得最雄偉的樹。幼年時期，百合樹的軀幹特別光滑，時常長得很高都還沒有任何分枝，不過待時機成熟，樹皮就會開始長出結瘤，樹幹也變得粗糙，主幹上會生出許多小枝幹。照目前情況來看，要爬上樹似乎不是件簡單的事。但事實卻不然。

朱比特以他的手臂與膝蓋盡可能抱住巨大圓桶狀樹幹，用手抓住一些樹枝，再把沒穿鞋的腳踩在其他樹枝上，好幾次他都差點摔下來，不過最後還是爬到第一根大分枝上，此時朱比特好像認為他的任務已經完成。實際上，這工作最危險的部分確實已經結束了，爬樹的人距離地面約六、七十英尺的高度。

「我現在該往哪個方向爬，威廉少爺？」他問道。

「你往大的枝幹爬過去……這邊這一根……」勒格朗說道。

老黑奴聽話照辦，這顯然是很簡單的任務。他愈爬愈高，直到身影被濃密的樹葉遮住看不見為止。過了一會，我聽到了他大聲叫喊的聲音。

「我還要爬多高啊？」

「你現在爬多高了？」勒格朗問道。

「已經很高很高了。」老黑奴回答道：「高到可以從樹頂看到天空了。」

「去他的天空！你只管照我的話做！你往樹底下看，算一算你這一邊下面有多少分枝。你一共爬過幾個枝幹？」

「一、二、三、四、五……我已經爬過五根枝幹，少爺，在這一邊。」

「那就再往上爬一根吧！」

過了幾分鐘，我們又聽到老黑奴的聲音，他說已經爬到第七根枝幹了。

「現在，朱比特……」勒格朗情緒激動地大叫起來，「我要你儘量往枝幹外爬出去。要是看到什麼奇怪的事，就馬上告訴我。」

原本，我心裡只是有點懷疑我朋友的瘋狂，但這時，我可是一點也不懷疑了。我非常肯定他的心智已經不正常，於是我開始焦慮，想趕快將他帶回小茅屋。正當我還在想有沒有什麼比較好的辦法時，又傳來朱比特的聲音了。

「這根枝幹延伸得好遠喔！這根枯掉的樹幹怎麼那麼長……冒險爬出去真的很恐怖耶！」

「朱比特，你說那是一根已經枯了的枝幹嗎？」勒格朗用顫抖的聲音大聲問道。

「沒錯！少爺，就像一根門釘一樣……完全枯死了，一點生息都沒有。」

「老天爺啊！這下我該怎麼辦才好？」勒格朗顯得很煩惱。

「怎麼辦？」很高興我終於有機會插上話了，「我們何不乾脆回家休息算了。現在就打道回府吧！這樣才夠朋友。天色已經很晚了，況且，你還記得答應過我的話吧？」

「朱比特！」他又大喊著，完全沒把我的話聽進去，「你聽得到我的聲音嗎？」

「我聽得到，威廉少爺，我聽得很清楚。」

「用你的鐮刀去砍那根樹幹，看它是不是已經腐朽得很嚴重了。」

「少爺，它已經腐朽得很嚴重了……」幾分鐘後，老黑奴回答道：「不過還沒到腐爛的地步。我在想，如果只有我一個人的話，應該還可以再往外爬一點。」

「什麼叫做『如果只有你一個人的話』？這話是什麼意思？」

「呃，我是指這隻甲蟲。它可是一隻很重的甲蟲呢！如果我把它丟掉的話，這根枝幹光承受我一個人的重量，是不會斷掉的。」

「你這個該下十八層地獄的壞痞子！」勒格朗尖聲大叫，不過明顯是鬆了口氣，「你告訴我這些廢話是什麼意思啊？你若敢把那隻甲蟲給扔下來，我一定把你的脖子扭斷。聽著，朱比特，你聽得到我的聲音嗎？」

「聽得見，少爺，你不需要用那種口氣對我這個可憐的黑鬼發脾氣。」

「好啦！聽著！假如你能在自己認定的安全範圍內，儘量往外爬，又不扔掉那隻甲蟲的話，等你下來以後，我就賞你一枚銀幣。」

「太棒了，威廉少爺！我願意這麼做！」老黑奴很爽快地回答道：「我現在已經差不多快爬到盡頭了。」

「到盡頭了！」勒格朗尖叫：「你是說，你已經爬到枝幹末端了嗎？」

「就快到末端了，少爺……喔！老天爺保佑！這樹上究竟放著什麼東西啊？」

「什麼！」勒格朗興奮地大叫：「那是什麼東西？」

「呃，沒什麼，只是一個骷髏頭而已！有人把他的腦袋留在樹上，然後烏鴉吃光了腦袋上所有的肉了。」

「你是說，樹上有個骷髏頭！很好！它是怎麼被綁在樹上的？用什麼東西固定住的？」

「少爺，你一定得親自來瞧瞧。說實在的，這真的很古怪耶！骷髏頭裡有一根好大的釘子，就是這根釘子把它固定在樹上的。」

「很好，朱比特，你現在完全照著我的話去做，聽見了嗎？」

「聽見了，少爺。」

「那麼，仔細聽了！你先找骷髏頭的左眼。」

「嗯！哈！這下可好了！這個骷髏頭根本沒有左眼耶！」

「你真是笨死了！你會不會分辨自己的左右手啊？」

「會啊！我知道！我全部都知道！我用來砍柴的手就是左手。」

「沒錯！我忘了你是個左撇子，你的左眼就在你左手的這一邊。現在，我想你應該可以找到骷髏頭的左眼、或左眼的所在位置了吧！找到了嗎？」

好一會，樹上沒傳來任何聲音，老黑奴終於問道：

「骷髏頭上的左眼，也與骷髏頭的左手在同一邊嗎？這個骷髏頭根本沒有手啊！不管了！我現在找到左眼了，左眼在這裡！你要我怎麼處置它？」

「把甲蟲放進左眼裡，然後儘量把繩子垂下來，不過千萬要小心，別放手讓繩子掉下來。」

「我照你的話做了，威廉少爺！把這隻甲蟲放進洞裡去，太容易了！你在下面仔細看好！」

當他們在說話的同時，我根本看不到朱比特的身影，不過卻可以看見他用繩子吊著放下來的那隻甲蟲，它被繫在繩子一端，像一顆磨亮了的金球，襯著夕陽餘暉閃爍著光芒。

我們站在這麼高的高地上，這時候還有些許微弱的陽光照耀著。不管從哪根樹幹將甲蟲吊下來，都可以看得很清楚，如果它不小心掉了下來，一定會掉在我們腳邊。勒格朗立刻拿起鐮刀，在這隻甲蟲的下方地上清出一塊圓形空地，半徑約莫三、四碼。等他準備就緒後，就叫朱比特將繩子鬆開，然後要他爬下來。

我的朋友非常精準地在那隻甲蟲落下的地點釘上了一個木樁，又從口袋裡拿出一只捲尺。他把捲尺的一邊繫在離這根木樁最近的一棵樹幹上，然後鬆開捲尺，一直拉到木樁所在地，再從樹幹與木樁之間形成的直線方向延伸，差不多拉了有五十英尺那麼遠。朱比特則是用鐮刀把地面上的荊棘清除乾淨。

勒格朗在同一地點，又釘上了第二根木樁，然後以此為圓心，簡略畫了一個直徑約四英尺的圓。這時他自己拿了一把鏟子，然後又交給朱比特和我各一把，叫我們開始挖地，速度愈快愈好。

說實在的，無論什麼時候，我都對這種消遣沒有興趣——尤其是在這個時候。眼看天就要黑了，而且剛才那場運動也讓我很累，原本不打算幫勒格朗的。不過，我想不出任何脫身的辦法，而且我也很害怕，要是我拒絕，可憐的朋友可能會亂了陣腳。

如果我能夠請朱比特幫我的話，早就連想都不想地就把這個瘋子拉回家。可惜，我太了解這個老黑奴的個性了，根本不奢望他會幫著我一起對付他的主人。我非常確信，我朋友中了那種許多地下埋有寶藏的傳說之毒，而他發現了這隻甲蟲，再加上朱比特繪聲繪影地堅稱這隻甲蟲是「純金的」，更讓他肯定自己的幻想無誤。

一個心智瀕臨瘋狂邊緣的人，隨時可能被類似的暗示蠱禍或吸引……尤其是當這類的暗示與他原先的想法一致時，更容易受到影響。言及於此，我又想起這個可憐的朋友說過的話，這隻甲蟲「是讓他得到財富的指示」。

總而言之，我因過於悲傷而感到心煩意亂，現在又覺得困惑。不過我決定依照勒格朗示意我做的差事，欣然配合挖地，然後要親眼見證，趁早證明勒格朗的幻想有多麼荒謬。

我們點起帶來的燈籠，每個人拚命挖地，那種態度不輸於研究事物的心情。燈光照著我們，我不禁要想，這時如果剛好有人經過附近，是否會懷疑我們這幾個人究竟在做些什麼，因為我們現在的舉動實在太奇怪了。

我們意志堅定地連續挖了二個小時，不發一語。不過我們最大的困擾就是那隻紐芬蘭大狗，牠似乎對我們的工作產生了高度興趣，不停狂吠著。最後，牠實在吠得太大聲了，我們開始擔心是否會引來附近閒晃的人，至少勒格朗是因這個理由而擔心。至於我，倒是很高興有人來打斷我們的工作，這樣一來，我就可以順理成章地將這個瘋子帶回家。但朱比特還是很有辦法讓那隻狗安靜下來，他從容不迫地從土坑裡爬出來，從身上取下一條帶子，把狗的嘴巴綁了起來，然後發出咯咯笑聲後，又繼續回到坑裡幹活。

整整挖了兩個小時之後，我們挖出一個深達五英尺的土坑，卻連個寶藏影子都沒看到。大家停下了挖掘工作，我希望這場鬧劇趕快結束。

不過，勒格朗雖然看來有些狼狽，卻若有所思地擦拭了一下汗水淋漓的額頭，然後繼續挖。我們原本挖了一個直徑約一公尺的圓，現在又稍微加大些，也向下再挖深約四英尺。不過我們還是空手而返。我深表同情這個淘金者，因為他終於從土坑裡爬出來，臉上滿是痛苦失望的表情，不情願地慢慢穿上原先脫掉的外衣。此時的我默默無語。朱比特也在主人的示意下，開始整理收拾工具，等一切收拾好後，就鬆綁狗的嘴巴，一行人默默地踏上歸途。

我們才往回程路上走了十幾步，勒格朗就突然尖聲咒罵起來，他大步一跨來到朱比特的面前，捉住這個可憐的老黑奴衣領。可憐的朱比特被嚇得驚慌失措，手上的工具掉滿地，膝蓋不聽使喚地跪了下去。

「你這個混蛋！」勒格朗咬牙切齒、一個字一個字說：「你這個該下地獄的黑奴！快告訴我！現在就說！不要遲疑！哪一隻、哪一隻才是你的左眼？」

「呃，我的天啊！威廉少爺，我的左眼不就在這裡嗎？」嚇壞了的朱比特大聲說道，並把手放在自己右眼的位置，拚命按著，深怕主人會把眼睛挖出來似的。

「我就知道是這麼回事！我就知道！哈哈哈！」勒格朗高興地大叫了起來，他鬆開黑奴的領子，興高采烈地在一旁跳來跳去，轉了好幾個圈，可憐的朱比特看得目瞪口呆。老黑奴站起身，大氣不敢吭一聲地看著他的主人，然後轉過頭來看我，再轉回去看看他的主人。

「走！我們再回去那裡！」勒格朗說道：「這場遊戲還沒結束呢！」於是，他又領著大家走回那棵百合樹。

「朱比特！」我們走到樹下的時候，勒格朗說道：「過來這裡！那個被釘在樹上的骷髏頭，臉是朝外面釘的，還是朝樹枝裡面釘的？」

「骷髏頭的臉是朝外面釘的，少爺，所以烏鴉才能毫不費力地將他的眼珠吃個精光。」

「好，那麼，你是從這個眼睛、還是另外一個眼睛把甲蟲放進去的？」這時候，勒格朗摸摸朱比特的左眼，然後又摸摸他的右眼。

「就是這隻眼睛啊！少爺，這隻左眼！這是你告訴我的！」

可是黑奴指的卻是他的右眼。

「夠了！我們重新再來一次。」

這時候，我看得出來——或者我以為自己看得出來——我朋友的瘋狂是有跡可尋的。

他把原先釘在甲蟲落下地點的那根木樁拔起來，釘在離原來位置往西約三英寸處，再拿出捲尺，將一端繫在離這根木樁最近的一棵樹幹上，然後以直線方向延伸，差不多拉了約五十英尺左右，就與之前動作相同，這個點離我們原先挖洞的地方，大概有幾公尺的距離。

我們繞著這個新的地點，畫了一個比原先更大的圓，然後再一次拿起鏟子挖地。雖然我累得半死，卻搞不清楚自己究竟在想些什麼。對於這個原先被迫做的工作，竟然沒有太大的反感，且令人難以想像的是，我也跟著一頭熱了起來！不，應該說是激動起來了才對！或許，是勒格朗異常的舉止裡，有某種從容的態度，或什麼深謀遠慮打動我的心。我殷切地挖著地，甚至發現自己也抱著類似「期待」的心情，彷彿真的找得到那批幻想中的寶藏，那批讓我這個可憐朋友發狂的寶藏。

就在我們工作了約莫一個半小時後，也就是我完全陷入幻想中時，那隻狗的狂吠聲又再度打斷我們。牠上一次的吠叫，很顯然只是好玩與好奇的結果，不過這次，牠的吠叫聲卻是既凶狠又緊張。

朱比特想過去把狗的嘴巴再度綁起來，不過牠卻瘋狂抵抗，甚至跳進土坑裡，用爪子拚命挖著土。沒幾秒鐘時間，牠就扒出一堆屍骨，正好拼湊成兩副完整的骨骸，其中還有幾顆金屬釦子，與一些看來像是腐爛的羊毛灰的東西。我們再用鏟子挖個幾下，挖出一把大型西班牙刀，繼續挖竟又挖出三、四枚金幣。

朱比特一看到這些東西，樂不可支，難以克制興奮的情緒，但他的主人臉上卻寫滿了失望，一直催促我們繼續挖掘。不過他的話還沒說完，我就往前跌了出去，因為我的靴子前緣被一個半露於鬆軟泥土外面的大鐵環套住了。

我必須老實說，我生命裡，從沒經歷過比現在更興奮的十分鐘。

金甲蟲

在這段期間，我們挖出一只長方形的箱子，從箱子完整的保存程度及堅硬的外表看來，顯然經過某種特殊礦化處理，可能是用含有水銀成分的二氧化物處理過。這只箱子的長度約三英尺半、寬度約三英尺、深度二英尺半，熟鐵鑄成的帶子緊緊包住這只箱子，上面還有鉚釘，整個表面形成某種格子狀的紋路。有三個鐵環分別位在箱子兩側靠近頂端的部分，加起來一共有六個，可以讓六個人一起將箱子穩穩提起來，但我們三個人使盡吃奶的力氣，結果也只能讓箱子在泥土堆裡稍稍移動罷了。我們立刻明白，要想搬動這只沉重的箱子，難如登天。幸運的是，箱蓋只有用兩個可滑動的栓子固定住，把滑栓拉開後……我們開始不安、焦慮，忍不住顫抖，呼吸變得非常急促。

轉眼間，整箱滿滿難以估算價值的珠寶，就在我們面前發出耀眼光芒。燈光照在土坑裡，將成堆的金銀珠寶映襯得更是耀眼奪目，我們看得眼花撩亂。

我想不需要再描述當時我看得出神的感覺了，驚愕感就是當時我們的寫照。勒格朗彷彿興奮過頭，反而虛弱了，一句話都說不出。至於朱比特，以一個黑人的面容所能產生的變化來看，他的臉色竟慘白了好幾分鐘之久，像是傻了似的又好像是遭雷劈似的，沒多久就跪倒在土坑中，把兩手埋進金子堆裡，深及手肘處，老黑奴就這樣一直將手放在裡面，好像在洗一場豪華沐浴一般。最後，朱比特深深嘆了一口氣，喃喃自語：「這些金銀珠寶都是那隻金甲蟲帶來的啊！漂亮的小金甲蟲！可憐的小金甲蟲！我以前說牠壞話的模樣實在是有夠野蠻無禮！你不覺得羞恥嗎？黑鬼……你說啊！」

直到後來，我還得不斷提醒他們主僕二人，趕緊將這些寶藏運走。時間很晚了，我們必須加快腳步，才可能在天亮之前把所有東西搬回家。大家一陣手足無措，不知如何是好，於是花了不少時間思索對策，但還是一團混亂。最後，我們把箱子裡的寶藏拿出了三分之二，讓箱子變得輕一點，再趁勢從土坑堆裡將箱子抬出。

那些我們拿出來的寶藏被藏在荊棘堆裡，我們把狗留下來負責看守，朱比特嚴厲命令牠，不管發生什麼事，都不可以在我們回到這裡前先行離開，當然更不可以開口亂吠。接著我們三人連忙抬起箱子，匆忙回程。一路上平安無事，但因為太疲累，我們直到凌晨一點鐘才回到小茅屋。

因為實在是累癱了，根本沒力氣再立刻回去搬那剩下的寶藏，只好休息到兩點鐘。吃了晚餐後便旋即朝那座高地出發。我們可真是幸運呀，家裡就有現成的三個結實的袋子，我們隨身攜帶，以備不時之需。凌晨四點時我們終於回到土坑，把剩下的寶藏儘量平分裝入每個袋子，也沒想到要去填平土坑，就急忙朝回家的路邁進。當我們第二次卸下身上的金銀珠寶時，東方的樹梢間已透露出清晨第一道曙光了。

此時的我們已經累得不支倒地。不過強烈的興奮感，卻讓大夥無法好好靜下來休息。斷斷續續睡了約莫三、四個小時，大家好像事前約定似的一起醒來，察看寶藏是否安好。

箱子裡的珠寶已經堆到快滿出來的地步了，我們花了整整一個白天和一個大半夜的時間，仔細檢查箱裡的所有物。

裡面的東西雜亂堆放著，我們分門別類仔細整理，才發現這些財富遠超過我們所想像。光是以當時的幣值折合估算，這些硬幣的價值就超過四十五萬元……箱裡沒有銀幣，全都是古代金幣，而且種類繁多……有法國、西班牙、德國錢幣、一些英國幾尼、幾枚偽幣，這些都是我們前所未見的錢幣。此外還有幾枚大又重的硬幣，表面已經磨損得很嚴重了，鑄造的字跡幾乎無法辨識。這堆錢幣裡完全沒有美國錢幣。

另外，除了錢幣還有珠寶，價值難以估計。其中包括鑽石、一些顆粒大且品質良好的寶石，共計一百一十顆，顆顆精透碩大；十八顆耀眼奪目的紅寶石、三百一十顆翡翠，晶瑩剔透光彩奪目；二十一顆藍寶石、還有一顆貓眼石。這些寶石的鑲嵌底座都被拆掉，凌亂散置於箱內。

我們在其他金器皿中找到寶石鑲座，看來好像都曾被人用重物敲過，目的似乎是要避免被指認出來。

除了上述這些錢幣珠寶外，還有數量龐大的實心金飾品、約兩百件左右的戒指、耳環、華麗大型的項鍊等等……如果沒記錯的話，應該有三十條項鍊、八十三個沉重的十字架、五個價值不斐的金香爐、一只華麗豪華的金酒碗，雕刻著精緻的葡萄葉與酒神浮雕、兩把上面有精緻浮雕刻紋的劍柄……還有數以萬計的小玩意，這些貴重物總重量已超過三百五十常衡磅[2]。不過，上述重量的估算值還不包括一百九十七件奢華金錶，其中三只金錶的價值都超過五百元。

箱裡發現的金錶年代久遠。若以計時的功能來看，這些都已不值錢，因為這些錶年久失修，多少有些腐蝕的情況。不過錶上鑲嵌著許多貴重珠寶，而且都是用名貴的盒子收藏。那天晚上，我們粗估箱裡所有物品的總值約在一百五十萬元左右，後來，我們留下少數幾樣東西自用，在處置了其他金銀珠寶後，才發現我們當初估算的價值實在太低廉了。

我們當時激動的情緒，直到檢查完箱內所有東西後，才稍微平靜些。勒格朗見我急得如熱鍋上的螞蟻，想知道究竟怎麼一回事時，便將整件事的詳情說給我聽：

「你還記得吧！那天晚上，我將金甲蟲草圖拿給你看。你也應該還記得，你堅持說我畫的圖很像骷髏頭，我聽了非常生氣。你第一次這麼說的時候，我還以為你是在開玩笑，可是後來我仔細回想那隻甲蟲背上的特殊黑點，心裡不得不暗自承認你說的話確實有幾分道理。可是，你那嘲諷我繪畫能力的口氣還是惹怒了我，因為大家都說我繪畫功力不錯。所以，當你將那塊羊皮紙片遞還給我時，我氣得要把它揉成一團，丟到火堆裡。」

「你是說那張小紙片嗎？」我問道。

「那塊小紙片不是紙。雖然它看來像紙，我一開始也誤以為它是紙，不過，當我在上面畫圖，才發現原來是一塊非常薄的羊皮。你還記得那紙很髒吧？好……正當我要把它揉成紙團時，視線正好落在你剛看過的那幅畫，你可以想像我有多麼吃驚，事實上，我在畫甲蟲的地方看到一個骷髏頭的形狀。那幾秒鐘，因為太訝異了，根本無法好好思考。

「我知道自己畫的那幅圖，某些細節部分不一樣，雖然它們輪廓近乎類似。於是我拿起蠟燭走到房間角落，仔細檢查這張羊皮紙。我把這塊羊皮翻過來，原來我畫的圖是在羊皮紙的背面，就像我先前畫的一樣。這時，我非常詫異，因為兩者的輪廓竟超乎驚人的相似，難得有此種巧合，連我自己也覺得莫名其妙，就在我畫的金甲蟲圖案底下，就是羊皮紙的背面，竟有著另一個骷髏頭，這個骷髏頭的輪廓大小與我的畫極為相似。這麼奇妙的巧合，當時真是嚇著我了。我所說的這種巧合，通常都會讓人產生類似的效果。

「當事者會極力找出其中的因果關係，但一時間又難釐清箇中道理，因此就會產生一種暫時性的麻痺。不過，當我從驚嚇中恢復之後，心裡慢慢浮出一股信念，這信念甚至比之前的巧合更讓我感到吃驚。我不斷回想，當時我在畫甲蟲圖案時，羊皮上並沒有任何圖畫。我非常肯定這點，我記得當時我把羊皮翻過來又翻過去，只為了尋找一塊空白乾淨處畫圖。如果這個骷髏頭原本就在那了，那我不可能沒有看見。這情況確實神祕，當時我根本無法解釋。不過，即使如此，內心深處已閃著如螢火般微微光亮，我體認到一個真相，昨晚的那場冒險，已足以證實我的這個真相。當時我馬上起身，把羊皮紙小心收好，不再繼續胡思亂想，獨自細細推敲。

「等你回去，朱比特也熟睡之後，我就用一種比較有條理的方法，將整件事好好研究一番。首先，回想自己是怎麼拿到這塊羊皮的。我們發現金甲蟲的地點是在內陸海岸，約是這座島的東方一英里處，離漲潮線沒有很遠。我抓住這隻金甲蟲時，還被它狠狠咬了一口，於是我鬆開手讓它飛了。甲蟲飛到朱比特的面前，因為他向來很小心謹慎，所以先四處尋找樹葉或類似的東西，再用那東西去抓住甲蟲。就在這時，我們兩人同時看到這張羊皮，我當時還以為這是一張紙。這張羊皮一半埋在沙裡，另一端露出地面。我們在發現羊皮的不遠處，還看到一些船隻殘骸，那樣子好像是艘大船上的小舢舨。那些殘骸似乎棄置已久，船隻的木材都已經無法辨識了。

「那時，朱比特撿起羊皮，用它包住甲蟲，然後交給我。之後沒多久，我們啟程返家，半途遇到G上尉，我把甲蟲秀給他看，他立刻央求我借給他甲蟲，讓他帶回砲台。我答應後，他帶走甲蟲，一把放進背心口袋裡，沒拿走原本包著甲蟲的那張羊皮，他在看甲蟲時，羊皮一直被我握在手裡。他大概是怕我改變心意，所以覺得最好還是趕快把甲蟲收起來。他那個人對所有自然界有關的事物都很有興趣。我一定是在這種不知不覺的情況下，將這張羊皮放進自己口袋裡的。

「你應該還記得，當我走到桌旁想要畫下這隻甲蟲的樣子時，在原來放紙的地方找不到紙，翻了抽屜也沒找到，才從身上的口袋裡掏，希望找出一封舊信件來，結果順手摸到這張羊皮。為何我要把這張羊皮如何到我手中的過程解說得如此詳細，是因為這些情況似乎有著某種特殊的力量，讓我印象格外深刻。

「你一定會認為我太會幻想了！不過，當時我心裡已經把這一連串的事件建立起某種關連。我用一條大鎖鍊把兩個環節連接起來——有一艘船躺在海灘上，離船身不遠的地方有一張羊皮，不是紙，上面還畫著一個骷髏頭。你自然會懷疑：『這兩者之間有什麼關係呢？』，而我的回答是：這個骷髏頭，也就是一般人認為的死人頭，事實上是海盜的象徵。每回戰爭一開打，海盜船便會升起這個畫著骷髏頭的旗幟。

「我說過了，那是一張羊皮，不是紙。羊皮很耐用持久，幾乎不可能腐爛，所以一般人是不會把瑣碎小事記在羊皮上的，因為若單純以圖畫的目的來看，一般紙張會比羊皮好用。這個結論給了我一些提示：這個骷髏頭一定代表了某種意義……具有某種關連性。然而，我並沒有忽略這張羊皮的形狀，雖然有一角因意外而破損了，但還是可以看得出它原本是橢圓形的。這原本是一張便條紙，可能是用來當作備忘錄——目的是為了能夠長久保存，妥善收藏。」

「不過……」我打斷他的話說道：「你當初在畫甲蟲圖案時，羊皮上並沒有後來看到的骷髏頭。你是怎麼找出這艘船與骷髏頭之間的關係呢？依照你的說法，這骷髏頭一定是在你畫完甲蟲圖案後，才被畫上去的。我看，大概只有老天爺才知道是誰把骷髏頭畫上去，跟怎麼畫的吧？」

「呃，整團迷霧就是在此出現了轉折。不過，我並沒有花太大的力氣就解開這個祕密，我所使用的步驟都很確實，所以到最後只會得到一個單一的結果。舉例來說，我是這樣推理的：當我在畫甲蟲圖案時，羊皮上面並沒有骷髏頭圖案，等我畫好以後，我把羊皮拿給你，仔細看著你，等你把它還給我。所以我確定，這個骷髏頭絕不是你畫的，當時現場也沒有第三者，自然就不是別人畫上去的。這麼說來，這個骷髏頭的圖案就不是人為的。不過不管如何，這個圖樣還是已經被畫上去了。

「一路推敲至此，我又努力回想，試圖要弄清楚這件事情，以及那段時間所發生的每個小細節。那天很冷——哈哈！真是個少見而又令人高興的意外！——壁爐裡的火燃燒得很旺盛，我剛運動完正全身發熱，坐在桌邊，但你卻拉了椅子坐在靠近煙囪處。後來當我把羊皮遞給你，你正要開始看的時候，我那隻紐芬蘭犬沃爾夫跑進屋裡，跳到你肩膀附近。你用左手撫摸著牠，然後推開牠，而你拿著羊皮的右手順勢落在你兩膝之間，那裡離爐火很近。有那麼一會，我幾乎以為那張羊皮要燒起來了，不過正當我要提醒你時，你就把手縮回來，開始仔細研究圖畫了。這些情況稍加推理後，我很確信，我在羊皮上看到的骷髏頭是因火的熱度而顯現出來。你應該很清楚，早在很久以前就有一種化學配方，用此配方在紙張或羊皮上寫出來的字跡是肉眼看不見的，除非用火烤，字跡才會浮出。把氧化鈷溶解在王水裡，再加入分量為氧化鈷四倍的水稀釋，就會得到一種類似綠錫色的液體，而把鈷的熔渣溶解在硝酸鉀就會看到紅色液體。這兩種液體放冷後寫字，一段時間後，字跡就會消失，但再經過加熱處理，字跡又會再度顯現。

「這時，我小心仔細地檢查這骷髏頭。它的外緣——也就是圖案靠近羊皮外緣的部分——比其他地方還要清楚。很明顯，這就是熱力作用不完全的緣故，或是受熱不均勻的結果。我馬上點起一根蠟燭，然後將羊皮放到蠟燭上方仔細烘烤。剛開始，只有骷髏頭原本不明顯的輪廓顏色加深，在我鍥而不捨的實驗下，發現在這張羊皮的某個角落，也就是畫有骷髏頭圖案的斜對角，出現了一個圖案，剛開始我以為是山羊。仔細觀察後，我很高興地發現那原來是畫一頭小山羊。」

「哈！哈！」我說道：「我當然沒有權利取笑你……一百五十萬元可不是一件可以拿來開玩笑的事，但你沒辦法在你的鍊子裡，再加上第三個環。也就是說，你無法在海盜與山羊之間找到任何特殊的關連。你知道，海盜與山羊毫無關係，山羊與莊稼才有關。」

「可是我剛才說過了，那個圖案不一定是隻山羊啊！」

「沒錯！你是說小羊……那還不是差不多。」

「很像沒錯，不過不一樣！」勒格朗說道：「你或許聽過一個名叫吉德（小山羊）的海盜船長……當時我立刻把這個動物圖案視為一種雙關語，或者是具有某種意義的簽名。我從它在羊皮上的位置，判斷出它可能是一種簽名。利用同樣的道理來推論，斜對角的骷髏頭就有可能是一個標記，或者封印。不過，其他的一切，我想像中的文件所說的事件內容，完全都找不到，令我失望透頂。」

「我在想，你應該希望在印記與簽名之間的空隙找到一封信吧！」

「反正就是這一類的東西。事實上，我有一種擋不住的預感，覺得有一大筆財富將要降臨在我身上。問我為什麼，我也說不上來，也許那只是一個人的願望，而不是真正的信念……不過，你知道嗎？朱比特不是說了一句蠢話，他說這是一隻純金的甲蟲，這一句話對我的幻想產生了很大的效果。此外，這一連串的事件與巧合都太神祕、太離奇了！你是否有發現，所有的意外，都出現在一年裡『唯一』的一天？只有這一天冷到要生火取暖，如果那天沒有生火，或者那隻狗沒有正好在那時候闖進屋來，我永遠不會發現那個骷髏頭，也永遠沒辦法得到這些寶藏。」

「快快快，趕快說下去……我已經等不及了。」

「好吧！想必你一定聽說過許多傳奇故事——眾多的傳言與傳說，海盜吉德與他的同伴們在大西洋的某處海岸埋藏了許多金銀財寶。這些傳言一定有某些事實根據。依我看來，這些傳言之所以能夠一直流傳下來，口耳相傳不曾間斷，一定是因為那些寶藏現在還沒被人挖掘。

若當初海盜吉德將搶來的東西掩埋起來，一段時間後又全部取走的話，那麼傳言就不會一直流傳至今，你是否有發現那些傳言的內容都沒有改變過。這些傳說的內容都是指有關尋找寶藏者，而不是發現寶藏者的故事。試想，如果當初海盜就把這筆財寶取走，傳說也會就此打住。我倒認為，當初一定發生了什麼意外，比方說，記載寶藏地點的藏寶圖或備忘錄弄丟了，海盜沒辦法再尋回寶藏，而這件意外又被他的手下知道了。這群人原本不知道有這批珍藏的金銀財寶，大家缺乏線索與嚮導的情況下，盲目地找尋這批財富，才會演變成我們聽到的傳說。你聽說過大西洋沿岸有人挖過什麼重要的寶藏？」

「從沒聽說過。」

「可是大家都知道，海盜吉德搶奪而來的財富數量相當驚人。因此，我很自然地認為，這些寶藏還深埋在地。現在我再來告訴你，我是抱著何種希望，幾乎到了非常確定的程度，在那張這麼奇怪的羊皮上找到那個已遺失許久的寶藏地點。聽完之後，你就不會感到太驚訝了。」

「你是怎麼發現的？」

「我又把羊皮拿到火上烘烤，經過一段時間，還是毫無所獲。這時我心想，是不是羊皮上面沾了一些泥巴，導致烘烤效果減弱，於是用溫水沖洗羊皮，然後仔細擦乾，弄好之後，再把羊皮放進錫製平底鍋內，畫有骷髏頭的那面朝下，將鍋子放到火上烘烤。幾分鐘後，平底鍋因底部導熱效果傳熱，我再將羊皮拿出來，結果令我高興得無法言喻！我看到羊皮上出現了一些斑點，像是幾行數字。這時候，我乾脆又把羊皮放進平底鍋裡，繼續加熱一分鐘。拿出來時，看到的內容就如同你現在看到的一模一樣。」

勒格朗說到這裡，就把羊皮拿給我看。

在骷髏頭與山羊印記之間，浮現了以下這些微微泛紅的粗略字跡：

53≠≠+305))6*;4826)4≠.)4≠);806*;48+8§60))85;1≠(;:≠*
8+83(88)5*+;46(;88*96*?;8)*≠(;485);5*+2:*≠(;4956*2(5

-4)8§8;4069285);)6+8)4≠≠;1(≠9;48081;8:8≠1;48+85;4)485+528806*81(≠9;48;(88;4(≠?34;48)4≠;161;:188;≠?;

「可是……」我將羊皮遞還給他，「就算我看過這些東西，還是一頭霧水。就算整座寶山等著我解開這道謎題，我認為還是什麼都沒辦法帶走。」

「沒錯！」勒格朗又繼續說道：「這些符號乍看之下，的確讓人感到一頭霧水，但問題的答案，絕不如你想像中那麼複雜困難，誰都猜得出這些符號代表著一套暗語。也就是說，這些符號在傳達某種特殊意義。不過，就我們所了解的海盜吉德，他是沒本事創造什麼深奧的密碼。於是，當下我就判定，這一定是一套簡單的密碼……不過，簡單歸簡單，但要從那水手單純的頭腦看來，沒有線索也解不開這道謎題。」

「你真的解開這道謎題了嗎？」

「簡直輕而易舉！我都解過比這謎題難上千萬倍的問題了。環境因素與個人的嗜好，使得我對這類謎題很熱衷，同時，人類的才智是否能夠設計出一種憑人的才智藉由適當的方法仍不得而解的謎題，是非常值得懷疑的。事實上，我認為，只要互相連續而且可以讀得很清楚的符號，要判斷出其所代表的意義，自然不會太困難。

「就目前這個例子看來，其實所有的暗語都一樣。首先的問題，就是這組密碼的『語言』。要解開比較簡單的密碼，原則就在於其特殊用語的性質與變化。一般而言，解謎之人，要用他所熟知的每一種語言，利用或然率試驗，一直試驗到一種真正適合為止。不過，我們現在要解的這組密碼，關鍵在於這個簽名。一般只有使用英語的人才會了解吉德與小山羊之間的雙關用法，若非考慮到這一點，我會從西班牙文或法文等語言開始試驗，因為，一位西班牙籍的海盜自然會選用西班牙文或法文來寫暗語。不過，以實際的情形來看，我假設這組密碼是英文。

「你一定注意到了，這些字之間是連續的。假如有分割的話，解謎的工作相對也會簡單許多。在後面的情況，我會從較多及分析較短的字著手，如果能夠發現單字母的詞——例如a或i——我就有把握解開所有文字。但我們現在面對的是沒有分割的文字，因此首先就要確定哪些字母最常被使用，哪些又最少被使用的字母。我針對其中的符號，做出了統計表：

8的符號，總計出現三十三次

；的符號，總計出現二十六次
4的符號，總計出現十九次
≠與）的符號，各出現十六次
＊的符號，總計出現十三次
5的符號，總計出現十二次
6的符號，總計出現十一次
（的符號，總計出現十次
＋與1的符號，各出現八次
0的符號，總計出現六次
9跟2的符號，各出現五次
：跟3的符號，各出現四次
？的符號，總計出現三次

金甲蟲

§的符號，總計出現二次

一與·的符號，分別出現一次

「現在，我們再來看看，英文常出現的字母是e，接著，出現頻率愈來愈少的字母依序是aoidhnrstuycfclmwbkpqxz。e的用途最為廣泛，不管句子長短，我們很少不用到這個字母。

「如此一來，我們便得到一個比猜測更有基礎的根據。這張簡表可以應用在一般暗語，但就這組特別的密碼而言，我們只需要用到有幫助的部分即可。既然這些符號中出現頻率最高的是8，那我們一開始便假設它就是原本英文字母裡的e。為了要證明這個假設，我們就來看看8是否常被重複使用，因為英文裡，e是一個經常被重複使用的字母，比方說meet、fleet、speed、seen、been、agree等單字都是如此。我們手邊的這個例子，雖然暗語本身很簡單，但重複使用8的地方卻超過五次以上。

「那麼，我們現在就把8假定是e了。接著再來看，所有句子或單字最常出現的就是the這個字。所以我們可以檢查這些符號中，有沒有三個符號是按照同樣排列順序重複出現，其中最後一個符號是8。若真如此，我們也找到同樣排列情形的字，那麼便可以把此假設成the這個字了。檢查完畢後，我們總共發現七次;48這樣的排列，若假設;代表t、4代表h、8代表e則我們現在已經相當肯定最後這一個符號代表的意思。這樣一來，我們又朝解謎之路邁進一大步。

「既然我們已經找到其中的一個單字，自然就能夠逐一推理，發現其他字的字首、字尾。比方說，從整段文章的倒數第二個;48來看，它與文章結尾的距離很近。由此得知，緊接著的是另一個字的開頭，在這個the後面的六個符號裡，我們已經認出不只五個字了。於是利用已知其代表字母的符號來取代這些符號，不清楚的那個字就空白……t…eeth。

「我們現在立刻可以將th去掉，因為無法讓t作為字首所產生的字有意義。我們嘗試著將所有字母套進空格裡，結果卻發現找不到一個有帶th字尾的單字，因此我們把這個字變成t(ee，再同前次做法將所有字母都填進去試試，結果找到一個唯一有意義的單字tree（樹）。經由此步驟，我們又找到了以(作為符號代表的r這個字母，所以文末最後兩個單字就是the tree。

「在這兩個單字不遠處，我們又發現了一個;48的組合，被用來當作緊跟著那個字的『結尾』。我們得到了以下的排列：the tree;4(≠?34 the，但是如果我們把已知的字母代進去，就變成了 the tree thr≠?3h the……

「反之，我們將那些未知的符號空白，或用斷續點代替，這一行又會變成 the tree thr……h the 這樣的話，我們立刻可以判斷出 through 這個單字。這個發現又讓我們多了三個新的字母，分別是 o、u、g，代表符號是≠、?與3。

「我們現在仔細將整段暗語再看一遍，尋找各種已知的字母組合，在開頭不遠處找到了以下的這種排列 83(88，代入字母後就是 egree，顯然這是單字 degree 的後半部，所以又得到了一個字母 d，其代表符號為＋。

「degree 的這個單字後面緊接著四個字母，其依序組合為;46(;88＊

「把已知的字母代入，未知的字母以斷續點表示，得到 th.rtee,。這個組合又立刻讓人聯想到 thirteen（十三）這個單字，所以我們又得到了兩個新字母，分別是 i 與 n，其所代表的符號為6和＊。

「現在，我們回到暗語的開頭，看到以下的組合 53≠≠＋。再運用之前的方法抽絲剝繭，得到一個單字 good（好）。我們可以確認第一個字母是 a，而前兩個單字就是『A good』。

「經過上述的研究發現後，我們再製作一張表格，把已知的線索列出，避免之後造成混淆。如下所示：

5 代表 a

+ 代表 d

8 代表 e

3 代表 g

4 代表 h

6 代表 i

* 代表 n

≠ 代表 o

(代表 r

；　代表　t

？　代表　u

「從這張表得知，我們至少得到了十個最常見、最重要的字母代表。至於解謎的其他瑣碎之事就不需多說了，我想我說得已經夠多了，多到足以說服你這類的暗語其實很容易解開，同時也讓你稍微了解所產生的原理。不過你要知道，我們現在所看到的這種密碼，其實是最簡單的一種。我接下來就把解開羊皮上全部符號後所得的文章內容告訴你，全文是：

'A good glass in the bishops hostel in the devil's seat forty-one degrees and thirteen minutes northeast and by north main branch seventh limb east side shoot from the left eye of the death's-head a bee line from the tree through the shot fifty feet out.'

整段文章的意思是，在主教的旅舍魔鬼的座位處用好的眼鏡朝東北偏北四十一度十三分東側第七枝從死人頭左眼射出從樹木直線穿過最短距離到外側的五十英尺。」

「我還是不了解什麼叫做『魔鬼的座位處』或什麼『死人頭』、『主教的旅舍』那些瘋瘋癲癲的話，到底是什麼意思？」我問。

「這段翻譯看來的確不好理解。我先將它斷句，分成五大句，變成了『在主教的旅舍魔鬼的座位處用好的眼鏡……東北偏北四十度十三分……東側第七大枝……從死人頭左眼射出……從樹直線穿過最短距離到外側五十英尺』。」

「就算你斷了句，我還是看不懂！」

「剛開始的前四、五天，我也是一頭霧水，於是就在蘇利文島附近尋找著，看看是否有一個叫做『主教的旅舍』的建築物，但一無所獲。後來我擴大搜索範圍，以更有組織效率的方式尋找。有一天，我突然想起『主教的旅舍』這幾個字（Bishop's hostel）可能與一個叫做貝瑟普（Bessop）的古老家族有關。

「很久以前，這家族在這座島的北方約四英里處擁有一座莊園別墅，所以我跑到那個地方詢問一些很久以前就住在那裡的黑人，最後有一位歲數頗大的老婆婆告訴我，她曾聽說過『貝瑟普的旅舍』，還說可以帶我去瞧瞧，並指出那個地方不是什麼城堡或旅館，只是一處很高的岩石高地而已。我告訴她說只要能帶我到那裡就可以得到一筆豐厚的賞酬，最初她還很猶豫，不過後來終於拗不過我的請求而答應了。到達所謂的『貝瑟普的別墅』後，我便讓她回去，而我則留下來繼續探索。所謂的『別墅』，不過就是一堆岩石以及堆得七零八落的廢棄物而已。其中最高的一塊岩石孤立自處在那裡，因為有人工的痕跡，因此很顯目。我爬到那塊岩石頂端，思索著下一步該如何時，心裡著實有些許迷惘與困惑。

「當我站在那沉思時，突然看見岩石東側的一塊狹窄崖壁，這塊突起物距離我所在的岩頂位置，大約矮了一碼左右。崖壁突出約十八英寸，寬度不到一英寸，上方峭壁有個凹洞，這塊崖壁看來很像是先人所使用的那種深靠背的椅子。我不加思索地認為，這就是文章裡所謂的『魔鬼的座位處』。發現了這個奧祕之後，我彷彿已掌握了整個謎題中的精髓似的興奮不已。

「至於『好的眼鏡』，一定就是指望遠鏡了。我為什麼這麼認為呢？因為對航海的船員而言，眼鏡就是指望遠鏡，很少有其他的意思。所以我立刻知道，若要找到寶物，不但需要一副望遠鏡，而且還得從某個特定的角度觀看，分毫不差地對準了『四十一度十三分』以及『東北偏北』的方向與角度。這些發現令我更加興奮，信心大增，於是立刻衝回家拿了望遠鏡，然後再回到岩石高地。

「我奮力爬到崖壁上的那個凹洞，發現除了一處可以坐下，其他都沒辦法。這個事實更印證了我先前預測的正確性。當然囉！所謂『四十一度十三分』是代表與水平線交叉而成的角度，方向正是『東北偏北』。我馬上從懷中取出袖珍型的指南針，固定了方向，儘量測出四十一度十三分的仰角，對準方向，謹慎地上下移動著，然後仔細觀察。最後我發現，在遠處有一棵特別高大的大樹，其中有一塊沒有被其他樹葉給擋住的圓形裂縫，或者可以說是裂口，而裂口的中央有個白色的點。起初我看不出那是什麼玩意，待我稍加調整望遠鏡的焦距後，才發現原來是個人類的骷髏頭。

「這時，我想謎底已經差不多快被我解開了，非常高興。因為『東側第七大枝』就是指那棵樹上骷髏頭的所在位置，而『從死人頭的左眼射出』這句話也只有一種解釋，就是指埋藏寶藏的地點。總而言之，從骷髏頭的左眼射出一顆子彈，然後在子彈射中的地方，尋找離樹幹最近的一點，從那一點吊下一根直線，距離大約五十英尺，然後找到一個確定的地點……我想就在那個地點下面，應該埋藏著一筆寶藏。」

「你剛才最後說的這部分……」我說道：「我親自參與了，非常清楚，雖然過程曲折，但實際卻簡單明瞭。那麼你從『主教的旅舍』回來後，下一步行動又做了些什麼？」

「我很仔細地觀察並記住那棵大樹的模樣後啟程返家。不過，當我一離開那個『魔鬼的座位處』後，圓形裂縫也就看不見了，之後不論我如何努力，都沒辦法再看到那個開口。所以這件事當中最巧妙的一點，就是除了從岩石那一面的狹窄崖壁看過去之外，其他地方完全看不到這個圓形開口。

「當我前往『主教的旅舍』時，朱比特也與我同行，他覺得我在這段時間都精神恍惚，行為異常，因此特別注意我的舉止，不讓我有單獨行動的機會。隔天我起了一個大早，趁他不注意時，獨自偷跑到山裡找那棵樹。費了好大一番功夫才找到那棵樹。晚上回家後，朱比特竟準備了一根大木棒要毒打我一頓。至於之後的冒險，我就不必多說了，你我同樣清楚。」

「我在想……」我說道：「我們第一次挖錯地點，是否就是朱比特太笨了，將左右眼的位置搞錯，才會讓你弄錯地點。」

「你說得沒錯！他這個錯誤讓子彈射出的位置偏了約二英寸左右。也就是說，離樹幹最近的木樁位置差了約二英寸半。假如寶藏就位在木樁正下方，那這個失誤還不算什麼，可是，子彈落下的點與這個距離樹幹最近的點，是唯一能夠決定直線的兩個點，一開始的誤差不算什麼，但畫上直線後的誤差可就失之毫里差之千里了。要不是我深信確有寶藏所在，否則我們的努力可能就要白費。」

「可是，你當時一副神經兮兮的樣子，說了那些大話，還拿著蟲子晃來晃去……真是詭異到了極點。我那時還真以為你瘋了。還有，你幹嘛堅持要把甲蟲從骷髏頭那裡丟下來，而不是丟下一顆子彈呢？」

「老實說，就是因為你們都覺得我有問題，我才會如此生氣，所以故弄玄虛，打算捉弄一下你們兩人……因為朱比特說甲蟲很重，我才要將它從樹上丟下來，是他讓我有了這個念頭。」

「我懂了，原來是這麼一回事啊！那現在就只剩下一件事我還摸不著頭緒。你怎麼解釋我們從那個土坑裡挖出的死人骨骸？」

「關於這一點，我也不太清楚。不過，我猜只有一種合理的解釋……硬要我解釋的話，我想這裡可能發生過一件可怕的慘案。可能是吉德在埋寶藏的時候，有助手在一旁幫忙。等寶藏全處理好之後，他可能認為最好殺掉所有知道這個祕密的人。所以，當他的助手還在土坑裡忙著埋寶藏時，他就拿起鋤子往助手頭上敲了兩下，當場殺害了他們。不過，說不定他敲了十幾下，誰知道呢？」

1 桃金孃為常綠灌木，高一公尺左右。花期為七月至八月；果實為漿果，未成熟時為綠色，八月至十月間成熟，成熟時為暗紫色，櫻桃般大小，果肉紅色，可食用。

2 國際磅（國際常衡磅）的定義：一磅等於 453.59237 克，此定義在 1958 年被美國以及其他大英國協會員國承認。英國在 1963 年開始，依據度量衡法案的規定，改用國際磅的定義。

Thou Art the Man

凶手就是你

A.D. 1844

即使我再活上一千年，也絕對不會忘記，他那張慘白的臉上——剛才還帶著酒暈和得意的神態——此刻流露出的悽慘痛苦的表情。

我現在要以敘述伊底帕斯神話的方式，來為各位解開萊特市的謎題。我將會詳細說明這個只有我能為大家說清楚的公認的奇案，它澈底扭轉了萊特市居民的無神思想，同時也改變了那些懷疑主義者的立場，令他們倒向久遠時代的傳統教派。

這起事件，很抱歉，我不得不從一個旁觀者的角度來說。此事件發生於一八××年的夏天，本市最具聲望的首富——柏納貝斯．夏特沃斯先生——離奇失蹤了好幾天，讓大家開始懷疑他是否出了什麼可怕的事。夏特沃斯先生是在星期六一大早騎馬從萊特市出發，他交代的目的地則是十五英里外的某城，還說會在當晚返回家裡。不過，在他離開兩小時後，他的馬匹卻獨自跑回來，馬背上空無一物，甚至連出發時綁著的馬鞍袋都不見了。不僅如此，馬還受了重傷，渾身都是爛泥巴。失蹤者的親友一見到這情形，自然大感驚慌，心情也頓時緊張起來。到了星期天早上，夏特沃斯先生還是沒回來，於是眾人成立了幾支搜尋小隊，決定出發尋找。

這項搜救行動的發起人，同時也是最積極熱心的參與者，是夏特沃斯先生的好友——查爾斯．好好先生，平常大家都叫他「查理好好先生」或是「老查理好好先生」。說起來，不知道這算不算是奇妙的巧合，還是名字真的會對個性產生微妙的影響，我無法在此加以判斷。不過，事實擺在眼前，自古以來凡是名叫查理的，清一色都是開朗、有男子氣概，並且誠實、善良坦率的傢伙，而且嗓音低沉感性，讓人聽了就舒服。他的一雙眼睛總是會直盯著你看，彷彿是在說：「我問心無愧，也無懼於任何人，因為我從來就未做過虧心事。」因此，舞臺劇裡的那些熱心天真的「模範紳士」總是叫作查理。

話說，「老查理好好先生」才在萊特市住了不到六個月，雖然市民對他的來歷背景一無所知，但他卻輕易地博取本地所有上流人士的好感，甚至成了他們的好友。這些人，對他所說的話總是心悅誠服。至於那些仕女們，對他的景仰崇拜，更是不在話下。這一切都是因為他有查理這個名字作為「背書」，再加上那張名符其實的正派臉孔，才讓他無往不利，走到哪都不會碰釘子。

我先前提過，夏特沃斯先生是本市最受敬重，無疑也是最富有的人，「老查理好好先生」和他交往密切，情同手足。這兩位比鄰而居，不過，夏特沃斯先生卻很少去拜訪「老查理」，也沒聽說曾在他家吃飯。但是，就我觀察到的，這絲毫不影響他們的友誼。因為老查理每天總會去造訪他的鄰居三、四次，還常常在那吃早餐或飲茶，而且幾乎都會留下來吃午餐。至於這對好朋友到底一同喝掉了多少瓶美酒，那恐怕也是算不清楚了。老查理最喜愛的酒是瑪歌堡出產的美酒，而夏特沃斯先生則樂於慷慨提供，好讓他的好友盡情享用。於是有一天，在酒酣耳熱之時，他拍拍好友的背、對他說：「老查理，我告訴你，你是我這輩子最要好的朋友了！既然你喝酒總是這麼痛快，如果我不送你一大箱瑪歌堡酒讓你喝個過癮，我就枉為你的朋友了。×××……」——夏特沃斯先生有說髒話的習慣——還說：「×××，今天下午，我就到城裡去訂購兩大箱最好的酒，送給你作禮物，我說到做到！你什麼都別說，我告訴你，就這樣說定了。就請你等著吧，說不定哪一天就會送來，正好就是在你萬分料想不到的時候！」我之所以將夏特沃斯先生說的這段慷慨激昂的話寫下來，就是要告訴各位，這兩人的關係有多親密，相處得有多融洽。

所以，在那個星期天早上，當大家都認為夏特沃斯先生已經慘遭不測時，我看沒有人比「老查理好好先生」更受打擊了。這匹馬自己跑回家，主人卻不知去向，甚至連馬鞍袋也一起失蹤，還有，這頭可憐的牲口，胸部被手槍打穿了一個洞，雖然沒讓牠一命嗚呼，不過也流了不少血。老查理一聽見噩耗，臉色頓時變得蒼白，好像失蹤者是他的親兄弟或父親一樣，全身上下都打顫起來，彷彿瘧疾發作一般。

起初，他因為太過悲傷而變得六神無主，更遑論在此時做任何決定，因此他費盡口舌勸說夏特沃斯先生的親友們先不要輕舉妄動，等過一段時間再說——例如一星期或兩星期、一個月或兩個月——看看事情後續的發展如何，說不定，夏特沃斯先生會安然無恙地回來，同時會向大家解釋為何他會先放馬回家。我敢說，你們一定常常見到這種情形，一個人在強烈的悲慟之下，往往會對一切置之不理，或是能拖就拖。他們顯然萬念俱灰，也不敢採取任何行動，認為全世界最好的事，莫過於靜靜躺在床上以「撫平他們的傷痛」，也就是說——和那些老太婆說的一樣——反覆思量他們的問題。

萊特市的居民相當尊重「老查理」的智慧和判斷力，因此大都樂意接受他的意見，暫時靜觀其變，「等到事情有點眉目再說」，完全聽從這位老實先生的指示。而我也相信，這絕對是大家一致的決定，唯一持不同意見的，就是夏特沃斯先生的侄子。這個叫做班尼費特的年輕人，不學無術又遊手好閒，是個天生的壞胚子，根本就聽不進去「靜觀其變」這種道理，反而堅持要立刻尋找「被害人的屍體」。是的，他就是這麼說的，而好好先生當時就察覺到，這個說法頗為「可議」。一聽老查理這麼說，居民開始議論紛紛，當中有某位人士率先表態：「年輕的班尼費特先生怎麼會如此清楚關於他那有錢叔父失蹤的一切狀況，不然他又何以膽敢表達這樣的意見，甚至還斷然宣稱叔父已遭謀殺。」此話一出，使得群眾形成兩派意見，還引發一些小爭執，其中尤以老查理與班尼費特之間的最為激烈。

這種情形其實並不稀奇，因為在過去三、四個月，兩人始終互看對方不順眼。甚至還有一次，班尼費特將叔父的朋友狠狠揍了一頓，理由是因為這位仁兄在他叔父的家裡放肆，令他這個同住的侄子實在看不下去所以才出手。據說老查理在這個事件裡表現得十分謙卑，充分發揮了基督徒的良善，在被揍之後，從地上爬起來，不過就是整整他的服裝，沒有做出任何報復性的舉動，只是喃喃地說「君子報仇三年不晚」這種稀鬆平常的一句氣話，而且也聽不出有其他含意，因此大家也就沒將它放在心上。

不論這些爭端孰是孰非，因為這和眼前的問題一點關係都沒有。總之，萊特市的居民最後還是在班尼費特的慫恿之下，決定步行到附近的鄉間，搜尋失蹤的夏特沃斯先生。在我看來，他們可以說是當機立斷。既然打定主意要進行搜尋，大家也就很自然地想到，應該將參與者分散開來，也就是說，將他們分成幾支隊伍，以便有效率地徹查整個區域。不過，我忘了老查理是用什麼理由來讓眾人相信這種方法是最不明智的，可他終於還是說服了大家——只除了班尼費特先生。因此，計畫有了更動，就是由老查理親自領隊，帶大家一起進行一次周詳謹慎又澈底的搜尋。

說起這件事，「老查理」的眼力精明，一如狐狸，是大家公認的，因此，由他來帶路，自然是最理想了。只是，儘管他率領眾人，走到了各種偏僻的洞穴與角落，走上了一些沒人認得的迂迴小路，又儘管這場搜索沒日沒夜地持續進行了將近一個星期，卻仍然沒發現任何夏特沃斯先生的蹤跡。然而，我所指的毫無蹤跡，大家千萬不可只照字面解釋，因為就某種程度來說，確實是有一些蛛絲馬跡。所有人循著那匹馬的蹄痕——模樣頗為特別——追蹤這個可憐先生走過的路徑，來到了一個位於市區東邊約三英里的地方，也就是在那條通往城市的主要道路上。馬蹄的蹤跡就從這裡離開道路，走到另一條小徑，穿過一片林地。這條小徑又連接回大路，而且將原來的距離縮減了約半英里。

大家循著馬蹄走上這條小徑，最後來到一口發臭的池塘，這個池塘就在小徑的右邊，被刺藤遮掩了大半，只是再走到這池塘的對面，就什麼蹤跡都不見了。然而，看上去，這裡曾有一番激烈的衝突，而且似乎有某種比一個人還要巨大還要沉重的東西，被人從這條小徑拖到池塘邊去。眾人在池塘裡仔細撈了兩遍，但一無所獲。

失望之餘，大家決定放棄，準備離開。好好先生突然靈機一動，提議將池塘裡的水放乾淨，大夥兒欣然接受這個想法，還有許多人對老查理讚不絕口，誇他才智過人、設想周全。由於居民們都帶了鏟子在身邊——他們原本以為說不定得用鏟子來挖屍體——因此迅速挖出一條排水溝來。

過不了多久，就看到了塘底，一團爛泥巴的正中央，有一件黑絲絨背心，在場的每個人幾乎都立刻認出，這是屬於班尼費特先生所有。這件背心不僅破破爛爛，上面還沾滿了血跡，有幾個人甚至清楚記得，夏特沃斯先生離家的那天早上，班尼費特先生身上就穿著這件衣服。另外還有一些人斬釘截鐵地說，從那天以後，就沒再見過他穿這件有問題的衣服，還說如果必要，他們很樂意宣誓作證，而就是找不到任何一個人說在夏特沃斯先生失蹤的這段時間裡，曾見過班尼費特先生將它穿在身上。

事情演變至此，對班尼費特先生就相當不利了。所有人也看到，他的臉色頓時變得慘白，再問他對此事有何解釋時，他啞口無言，這就更令大家懷疑了。他的幾個酒肉朋友這時都翻臉背棄了他，而且主張要立刻逮捕此人，毫不留情，比他多年的仇人還凶狠。可是，另一方面，好好先生的寬闊胸襟，相較起來就光明磊落多了。他替班尼費特先生極力辯護，而且不只一次用感性的口吻對大家說，他打從心底原諒這位放浪的年輕人，「因為他是富有的夏特沃斯先生的繼承人」，而且也不會再去計較他（這個年輕人）過去在一時衝動之下，所加諸我（好好先生）的種種侮辱。

「我已真心誠意寬恕了這個青年，」他說：「至於我個人（好好先生），對於那些不利於班尼費特先生的種種證據，我本人（好好先生）不僅感到萬分遺憾，還將會盡我（好好先生）所能，用我微薄的口才來、來、來緩解，憑藉著良心，緩解這起令人傷透腦筋的事件的種種疑點。」

好好先生靠著他的頭腦和心思，講了足足半小時。然而這些熱心的群眾，往往眼光短淺又見識不足，時常因為要幫朋友的忙，卻反而犯了各種各樣的錯誤，搞出些節外生枝的事情。說起來，所謂寬厚仁慈的用心，往往更將是非弄得混淆，到最後只是幫倒忙罷了。

眼前就有一例：老查理的一番說辭，反而弄巧成拙。縱然他極力為涉嫌者說好話，可不知怎麼搞的，他所說的一字一句，並未說服群眾接受他的意見，反而令大家對他所辯護的人更加懷疑，同時也加深了民眾內心對此人的怒意。

這位雄辯滔滔的演說者，犯了最離譜的錯誤，就是他提到這位嫌疑犯是「富有的夏特沃斯先生的繼承人」，而這點是大家原先都沒想到的。他們只記得，在一、兩年前，這個做叔叔的——這個侄子是他在這世上唯一的親人——曾經撂下要廢除繼承權的狠話，因此他們始終將廢止繼承權看成是一件已成定局的事。萊特市市民本就是頭腦簡單心思單純的人，然而老查理這段話，卻立刻提醒了他們有這一回事，他們也終於想到，這些威脅的話，只不過是為了要嚇嚇對方罷了。所以呢，眼前隨即產生了一個問題，「誰會因此而受益？（cui bono?）」

這個問題直接點出了年輕人的犯案動機，成為比那件背心還要有力的證據。

說到這裡，為了不讓各位誤解我的意思，請容我說幾句題外話，讓我解釋清楚。我用的那個極其簡短的拉丁語，長期以來世人對其解釋和用法均有嚴重的謬誤。在所有通俗小說和別處，cui bono 這兩個拉丁字，都被解釋成「為了什麼目的？」或「為了什麼利益？」，但此話的真正涵意其實是「有利於某人」，這純粹是一個法律用語，而且正好適用於我們現在討論的這類案子。在這些案子中，一個人之所以遂行一件行為，其動機在於，只要完成此一行為，將可使他人利益歸於自己所有。而就當前的案例來說，「cui bono?」這個問題矛頭直指班尼費特先生。他的叔叔，在做成了一份有利於他的遺囑之後，曾經揚言要廢止繼承權，只是這項威脅並未付諸實行，而原來的遺囑似乎也沒做任何更動。如果遺囑內容更改了，那麼自然可以推斷，涉嫌人的犯案動機，想必就只是為了要報復了。尤其，當他知道，自己已經不可能挽回叔叔的決定時。但是，倘若這份遺囑未曾更改，而侄子卻一直對那個威脅耿耿於懷，那麼行凶的動機也就順理成章了。萊特市的居民們，都不約而同地做出這項結論。

因此，班尼費特先生當場就被逮捕，而民眾又在附近搜尋一番之後，就紛紛回家，同時也將他押解了起來。不過，熱心的好好先生，還是一馬當先領在眾人之前。突然間，他向前跑了幾步，彎下了腰，似乎從草堆裡撿起一樣小東西，他將它迅速查看了一遍後，彷彿想將它藏在自己的外套口袋裡。只是這個動作被旁人察覺了，他只好就此作罷。這時，大家發現老查理撿起的是一把西班牙小刀，有好幾十個人當場就認出，這是班尼費特的所有物，刀柄上還刻著他名字的縮寫字母。這把刀子是打開的，刀口還沾著血。

事到如今，這個侄子的犯罪事實已經不容懷疑了。因此，一回到萊特市，他就被帶到一位地方法官那裡去接受審問。

事件演變至此，又出現了另一個不利於涉嫌人的情況證據。當這個犯人，被問到在夏特沃斯先生失蹤的那天早上，人在什麼地方的時候，他居然坦承自己當天早上帶槍出去打獵，而地點恰好就在聰明的好好先生找到帶血背心的池塘附近。

這時，好好先生走上前來，噙著淚水，請求庭上讓他發言。他說，他對上天和人類的那份強烈責任感，不容他再繼續保持緘默。在此之前，他因為真心愛護這個年輕人，不論對方怎麼對待他，他都竭盡一切所能地提出種種假設，希望能夠解釋那些不利於班尼費特先生的證據，甚至藉此替他洗清罪名。然而，這些證據已經無庸置疑，也太可惡了，因此，他也沒什麼好猶豫，願意供出所知的一切，儘管他絕對會因此而心碎。

以下就是好好先生的證詞：在夏特沃斯先生出發到城裡去的前一天，他從旁聽到，那位富有的老者對侄兒說，明天上城裡去，是為了將一筆鉅款存入農民與勞工銀行裡。又說，我們的夏特沃斯先生，當場清清楚楚地向侄兒宣告，他已決定要廢止之前立的那份遺囑，而且從此與侄兒斷絕關係。接著，他鄭重要求被告供述，剛才所說的，是否一切屬實。答案令在場人士大呼意外，班尼費特先生居然坦承「屬實」。

法官認為有必要派幾名警察，到被告的叔父家裡去搜查他的房間。他們這回的搜查幾乎是立刻就回來了，同時也帶回那個鑲了鋼邊的名貴深紅色皮夾，那是被害者多年以來都隨身攜帶的。不過，裡面貴重的東西都被抽走了。儘管法官想盡辦法要讓犯人招供：「你把它們拿去做什麼了，或藏在何處。」不過卻一無所獲。班尼費特全盤否認這些指控。不過，警察又在這個可憐男子的睡床和床墊之間找到一件襯衫和一條領巾，上面都繡著他名字的縮寫，而且都怵目驚心地沾著受害人的鮮血。

在這個節骨眼上，又接獲了一個通報，說被害人的那匹馬，因為傷勢過重，剛才已在馬廄裡斷了氣，好好先生於是提議，應該立刻將這頭牲口進行「屍體勘驗」，或許會有新發現。於是，這件事就照辦了。但是，仍試圖證明被告清白的好好先生，在馬兒的胸口裡仔細搜索一番後，竟然找到了一顆特大號的子彈，經過詳細檢查，赫然發現，這正好與班尼費特先生的來福槍的口徑相符。此外，這顆子彈在接縫處附近有道裂痕，這更提高了先前假設的可信度。因為在檢驗之後，這條裂縫正好符合被告所承認擁有的一對模具上的稜線。負責審理此案的法官一發現這顆彈頭，就不願再聽任何證詞，當下決定將犯人移送法院審理，並宣布不得保釋。

好好先生強烈抗議這項嚴厲的做法，甚至表示願意支付保證金，無論數目多少。老查理表現的這種慷慨氣度，完全符合他過去的那種既仁慈又充滿騎士精神的行徑，但就目前的情形而言，這位德高望重的老先生，似乎被自己的同情心沖昏頭，因此在自願為這名年輕人提出保釋時，忘記了他本人在這世界上根本是一文不值。

結果當然是將犯人收押禁見。受全萊特市同聲譴責的班尼費特先生，接受了第二次刑事法庭的審理，而一連串的情況證據——這全都因為好好先生本著他的良知，而不得不向法庭提出的其他事證——均被視為不容置疑而且無法反駁的鐵證。因此，二審法庭並未進行實地調查，就做出了「第一級謀殺罪」的判決。不久，這位不幸的倒楣鬼就收到死刑判決書，並被關在本地監獄裡等候法律無情的制裁。

與此同時，「老查理好好先生」的高尚行為，則為他贏得所有正派人士的敬愛。他的聲望比從前增加了十倍之多，而總是受到旁人殷勤款待的他，也因而一改以前窮困時迫不得已的吝嗇作風。心情好的時候，他甚至會在家裡宴客，當然了，這位慷慨的主人，偶爾想起他那已故至交的侄子即將面臨的悲慘命運時，總不免黯然神傷。

有一天，這位高尚的老紳士，意外地收到了以下這封收據函。

豬狗牛馬公司　致萊特市　查理好好先生

訂購六打瓶裝「瑪歌堡美酒」之收據

致查理好好先生：

本公司約在兩個月前，接到柏納貝斯・夏特沃斯先生賜函，訂購一大箱鹿牌紫色封蓋的瑪歌堡美酒，本公司深感榮幸，謹將該貨品於今天早晨專程送出至府上。箱面有編號，請查收。

豬狗牛馬公司　敬上

一八××年六月廿一日於某城

又及，在閣下收到此函的次日，該箱貨品將由馬車送達，並送上我們對夏特沃斯先生最崇高的敬意。

事實上，自從夏特沃斯先生過世之後，好好先生就一直在期待這批答應了要給他的瑪歌堡美酒的到來，而現在，他當然就將此視為上天給他的特別恩惠了。他非常開心，於是邀請一大群朋友，明天「來寒舍小聚」，以品嚐夏特沃斯先生送給他的禮物。不過在他發出的邀請函上，並未提到任何關於夏特沃斯先生的話，因為經過一番深思熟慮之後，他決定不提為妙。假如我沒記錯的話，他根本就沒向任何人提到自己收到一箱瑪歌堡美酒的禮物，只說請朋友來，共享他在一兩個月前在城裡訂購而明天會到的美酒。我常常在想，「老查理」為何會認為最好不要提到他收到老友贈酒的事，我始終搞不懂他這麼做的理由，因為他明明就有一個既感人又高尚的故事可說。

品酒的日子終於到了，好好先生家裡聚集了一大群體面正派的朋友。事實上，半數的市民都來了，當然也包括我在內。只是，這批瑪歌堡美酒卻遲遲沒到，令主人十分焦急。老查理招待的豐盛晚餐早已被賓客搶食一空，東西才總算是到了，而且好大一箱。既然所有人都正在興頭上，就一致決定將這個箱子搬到桌子上，並且立刻開箱取酒。

大家說做就做，連我也幫了一手。不一會，就將箱子抬上桌子，擱在酒杯酒瓶之中，而其中不少都在混亂中被打破了。這時，已喝得醉醺醺的老查理滿臉通紅，端出一副正義凜然的架子，坐到首位上，用手上的酒杯猛敲桌面，吩咐大家在「開寶儀式」中要守規矩。

一陣騷動之後，大家終於安靜下來，接著就出現一片死寂。我奉主人之命，將箱蓋撬開，我先塞進一隻鑿子，再用槌子輕敲幾下，酒箱的蓋子突然彈開。同時，被謀殺的夏特沃斯本人那具血肉模糊近乎腐敗的屍體，一下子坐了起來，恰好正對著老查理的臉。那雙已經腐爛而毫無光澤的眼珠子，怨恨地直瞪他的臉，同時以無比清晰的聲音慢慢吐出一句話來：「凶手就是你！」然後，彷彿大願已了，翻身倒在箱子旁，四肢癱在桌子上。

接下來的場面，只能用一片混亂來形容。大家爭先恐後地奪門而出，甚至還有些身材健壯的人，都因目睹剛才的恐怖畫面而當場暈倒。一陣狂亂驚慌呼叫之後，大家的目光全都轉向好好先生。即使我再活上一千年，也絕對不會忘記，他那張慘白的臉上，剛才還帶著酒暈和得意的神態，此刻卻流露出悽慘痛苦的表情。整整好幾分鐘，他有如一尊石像，動也不動地坐在那裡，目光完全渙散，彷彿正盯著內心裡那個惡毒凶狠的靈魂。突然間，他猛然跳起，離開位子，一頭伏在桌上，緊緊抱著那具屍體，激動迅速地坦承他犯下的可怕罪行，也就是令班尼費特先生被判以死刑的罪名。

案發當時的老查理尾隨被害人去到那個池塘附近，在那裡用手槍射傷了夏特沃斯的坐騎，再用槍托將馬的主人打了下來，然後奪取那個皮夾。他以為馬兒已死，就使勁將牠拖到池塘邊的矮樹林裡，接著將夏特沃斯先生的屍體擱到他自己的馬上，然後穿過樹林，將之藏在一個極為偏僻的地方。

他還將那件背心、小刀，皮夾和子彈，都放在那些後來被他找到的地點，目的就是為了要嫁禍給班尼費特先生作為報復，至於那條沾血領巾和襯衫，也是他故意栽的贓。

在這個冷酷無情的殺人凶手快要招認完這段可怕的罪行時，他的聲音就愈來愈模糊不清了。等到自白終於結束，他突然站起身，跌跌撞撞地離開桌子，隨即倒地死亡。

令這場恰逢其時的自白好戲得以上演所用的辦法，不僅有效，也十分簡單。好好先生過分坦白的態度，一開始就令我感到十分厭惡，同時也引起我的懷疑。那次班尼費特先生揍他的時候，我恰好在現場，也看到他臉上那種凶神惡煞的表情。雖然只有一瞬間，卻足以令我相信，他有朝一日一定會報仇，因此，我心裡便有了數。於是後來在看「老查理」表演時，自然會和那些善良的萊特市市民的角度大不相同。我當時就發現，所有構成班尼費特先生罪名的事證，都是直接或間接由他而來。

然而，真正令我恍然大悟的，還是那枚好好先生從馬屍上找到的彈頭。我記得很清楚，馬匹身上有兩個洞，一個是子彈射入時留下的，另一個當然就是射穿馬身後子彈飛出時造成的。只可惜萊特市民忘了這一點。所以，要是這顆子彈真的是從那匹馬身上找到的，甚至還可以將它從中取出，那麼想必是發現者故意栽的贓。至於帶血的襯衫和領巾，也和這顆彈頭一樣，是遭人嫁禍。因為經過檢驗之後，證明上面的血跡只不過是葡萄酒而已。當我思考這些事情時，腦海又浮現好好先生最近揮霍的狀況，令我更加相信自己的猜測無誤，但我始終沒告訴別人，只是暗暗地用懷疑的眼光看待這一切。

同時，我私底下嚴密搜查夏特沃斯先生的屍體，而且特別選擇與好好先生完全不同的區域，結果，找了幾天後，我發現一口枯井，井口幾乎被雜樹掩蓋。就在這口井的底部，我找到了我要的東西。

那時，好好先生處心積慮用計哄騙他的朋友，令後者答應送他一大箱瑪歌堡美酒的這番對話，也恰巧被在場的我聽見了。於是，我以此作為計畫的主軸。我弄到了一支有彈性的鯨魚骨頭，將它插進屍體的喉嚨，再將屍體折疊起來放進箱子裡，然後使勁將箱蓋壓住，並用釘子釘上。我當然知道，等到釘子一被拔起，蓋子自然會彈開，屍體也會跟著坐了起來。

我準備好這個箱子後，寫上住址和門牌號碼，然後以那家和夏特沃斯斯先生有往來的酒商的名義寫了封信，吩咐僕人將這口箱子裝進一輛推車裡，等到看見我給他的信號，就立刻將它送到好好先生家。至於我要屍體說的那句話，因為我會說腹語，自然也不成問題——我希望能用這句話喚起凶手的良知。

我想，我應該已經交代得很清楚了。班尼費特隨即獲得釋放，並繼承了他叔叔的遺產。這起事件也讓他得到教訓，因而痛改前非，從此過著快樂的新生活。

The Facts in the Case of M. Valdemar

A.D. 1845

屍變

維德瑪所發出的鼾聲已經不是很明顯了，斷斷續續地，直到完全停止。患者的四肢已經冰冷。

維德瑪的案子已經引起大家廣泛討論了，我自然沒有必要故意去強調這件事的特別。要不是因為——尤其是在這種情況下——發生了一件奇蹟。我們應各界的要求要將此事保密，不得對外公布，至少目前不能公諸於世，或者，等我們有機會再做調查。由於我們的這般堅持，導致一個扭曲真相、浮誇不實的說法，傳到社會上，並且成為許多不愉快的誤傳來源，也很自然地成為大家難以置信的原因。

如今，說出事實真相已勢在必行，我當會盡一己之力，清楚扼要地說明，如下所示：

過去三年來，我的注意力一再被催眠術一事所吸引。然而約在九個月以前，我突然想到，從前做過的各種實驗裡，有一個非常明顯而且很難解釋的疏忽，那就是至今還沒有人在「垂危之際」接受催眠。因此無法得知下列幾件事：

首先，在這樣的情況下，患者是否對催眠還有任何可能的感受力？

其次，如果有的話，是否會因這種狀況而減弱或是加強？

再者，這個過程可以阻止死亡的逼近嗎？至於何種程度，簡言之，也就是會持續多久時間？

此外，還有其他事有待確定，但最令我感到好奇的，就是這幾件。尤其最後這一要項，因為其後果有各種非常重要的特性。

我到處留意，想物色一位可以接受實驗的人，藉由實驗者來測試這些事情，於是我想到我的朋友——M．厄耐特斯特．維德瑪，他是頗為著名的《辯論文大全》的編輯，而且是將《瓦倫斯坦》及《伽岡都厄》二本書翻譯成波蘭語版的作者——他採用筆名「以撒加．馬爾克斯」發表這些書籍。

M．維德瑪從一八三九年以來就旅居於紐約哈林區，其面貌十分清晰，下肢很像約翰．朗道夫。另外，他全白的鬍鬚與一頭黑髮形成強烈對比——他的頭髮黑得很怪異，常被誤認為是戴了一頂假髮。而他明顯的神經質性格，使他成為接受催眠實驗的最佳人選。

有兩、三次，我輕而易舉地將他催眠；但也有好幾次，因他特異的體質而有預期外的結果與效果，不過有時卻也令人失望不已。他的意志從沒受我完全控制過，而在「心理透視」這方面，我根本不能靠他有所斬獲。我把這方面的失敗都歸因於他不良的健康狀態。

我認識M．維德瑪的前數個月，他的特約醫生就已經判定他罹患了肺結核。他習以為常、平靜地說出將歸天之日，彷彿這是不需要逃避，也不必遺憾的一件事。

最初想到那些吸引我的念頭時，我自然而然想起了M．維德瑪。我很清楚他這個人穩健豁達的人生觀，所以並不怕「他」會有所顧忌。且他在美國舉目無親，因此不至於有人會插手干預實驗。

我開門見山，直接與他切入正題說明來意，他的態度顯然頗感興趣，這實在蠻出乎意料。我之所以感到意外是因為：他總是慷慨答應我的要求，接受我的實驗，卻從不會去評斷我所做的事情是否有任何價值。他罹患肺結核，按照此病的特性，是可以正確算出死亡日期的。於是我們倆就商量好，在醫生宣布他的死期的前二十四小時左右，傳喚我過去。

自從我接到下述由M．維德瑪親筆寫的信函以來，至今已經七個多月。信函上說道：

親愛的P君：

請你「現在」過來吧！D與P兩位醫生都認為我應該活不過明天子夜。我認為他們算得很準。

維德瑪　敬上

這件信函寫好後，才過了半個小時，就送到我的手上了，十五分鐘後，我就來到這位臨終者的臥房了。我與他已經十天沒見面了，這短短期間內，他的形體卻有了可怕的改變，讓人看了觸目驚心。

M．維德瑪的臉變成鉛灰色，雙眼黯淡無光，而且瘦得皮包骨，以至於雙頰突出於緊繃的皮膚下。M．維德瑪咳出很多痰，脈搏微弱得幾乎無法察覺。儘管如此，他仍然設法保持清醒的神志以及某種程度的體力，其言談都還清晰可辨，也不需靠他人幫助就可以服用一些緩和鎮定劑。在我進入房裡的時候，M．維德瑪靠坐在墊了幾個枕頭的床上，他還專心地拿一枝鉛筆在記事本上寫著備忘錄。D醫生與P醫生隨侍在側待命。

我拍了拍維德瑪的手，拉著這兩位醫生到一旁，向他們請教患者的詳細狀況。維德瑪的左肺在一年半前就已是半身化或軟體化的狀態，對於生命力的維繫毫無用處；

右肺的上半部，即使沒有完全也已經局部骨化了；下半部則是一堆已化膿而且彼此碰撞的結核結節；除此之外，肺裡還有幾處擴大的穿孔，有個地方已變成永久性附著肋骨了；右肺葉裡的這些現象都是最近出現的，骨化過程超乎異常地進展神速，一個月前還沒有徵兆，膠著狀況則是前三天才顯現出來的。患者除了肺結核外，還有疑似大動脈瘤，但這一點因為骨化症狀，醫生已經不可能再做正確的診斷了。兩位醫生的見解是：M．維德瑪大約會在明天，也就是星期天的子夜去世，而此時正是星期六的晚上七點鐘。

D醫生與P醫生向維德瑪做了最後的道別，就離開病人床邊，好讓我們私下交談。他們本來不打算再回來了，但在我的請求下，他們答應在隔天晚上十點鐘左右，再來探視M．維德瑪。

兩位醫生離去後，我直接向維德瑪說明他即將往生的事情，以及先前講好的實驗。他仍坦承自己很樂意幫助我進行實驗，甚至很急切地催促我馬上開始。在維德瑪身旁有男女各一位護士照應他，但我覺得，萬一有突發事故時，這兩個人的見證未必可靠，所以不敢貿然從事這項性質特殊的實驗。因此我將實驗時間往後拖延，直到第二天晚上八點鐘左右，那時來了一位我稍微熟識的醫科學生狄奧多爾．L，於是我決定開始大展身手。本來還想再等那兩位醫生，但是由於M．維德瑪懇切要求我儘快進行實驗，加上此事已經刻不容緩了，因為維德瑪的精神顯然衰退得很快。

L先生幫了我很大的忙，他應我的要求，願意將一切發生的事情如實記錄下來。我現在所要敘述的，大部分都是根據他的「備忘錄」，或稱「摘要」或「原稿」。

我握住患者維德瑪的手，請他盡可能清楚地向L君陳述，M．維德瑪是否完全願意，以他當時的情況，由我對他進行催眠實驗，這經過花了大約五分鐘的時間。

維德瑪用虛弱但清晰的口吻回答道：「是的，我希望被催眠！」又馬上補充：「我怕你耽誤得太久了。」

就在他說這些話的時候，我已經開始按著他的手動作了，我發現這動作是讓他達到鎮定狀態最有效的辦法。我用手分別在他的額頭兩側按摩撫摸，M．維德瑪明顯受了這個動作的影響，但儘管我施展一切所能，卻沒有任何進一步顯著的效果。直到十點鐘過後的幾分鐘，D與P醫生依約前來。我長話短說，向他們解釋我的構想，不過，將兩側按手的動作改成向下動作，同時我的目光也完全專注於這位患者的右眼。

這時候M．維德瑪的脈博已經極微弱了，其呼吸有如中風患者的鼾聲，每隔半分鐘才聽得到一次。

這種狀況幾乎不變地持續了十五分鐘左右。不過，在這段時間結束時，從垂死者胸口發出了一聲雖深長但很自然的嘆息聲，接著打鼾聲停止了。換句話說，維德瑪所發出的鼾聲已經不是很明顯了，斷斷續續地，直到完全停止。患者的四肢已經冰冷。

在晚間十一點十分時，我察覺到紮實的催眠效果跡象。維德瑪本來黯淡無神的眼珠，突然有了表情，呈現出不安內省的那種表情，這種現象只會發生在夢遊症患者身上，因此不會有所誤解。我迅速地用手做了兩側按摩，患者的眼蓋抖動了起來，一如初入睡眠時的景象，幾次的抖動，直到患者的四肢完全僵硬為止，接著我把它們按置在一個看來舒適的位置。維德瑪的雙腿完全伸直，兩臂也保持這樣的狀態，被放在床上距離腰部相當近的地方，頭部略微抬高。

我做到這個步驟的時候，正好是子夜時分，於是我請求在場的各位查驗M．維德瑪目前的狀況。經過幾次實驗之後，他們都承認，維德瑪現在處於一種異常完美的催眠狀態。兩位醫生的好奇心都大大提高。D醫生馬上決定整夜留守，照顧患者，而P醫生則答應破曉時分後再過來便暫時離去，L先生與兩位護士都留下。

我們完全不去驚擾M．維德瑪。直到清晨三點鐘左右我去看他，發現他的情況一如P醫生離去時一樣，也就是說，他還是用同一種姿勢睡著，脈搏也微弱得難以察覺，呼吸微弱——幾乎看不出來，除非拿鏡子湊到嘴巴前檢查——雙眼自然閉闔，身體冰冷得如大理石。不過，患者整個外觀看來確實不像已經死亡的樣子。

我走近M．維德瑪身旁時，做了一個似有若無的動作，來影響他的右臂追隨我的動作，就是用我的右手輕輕在他的身體上面來回揮動。以前我做這樣的實驗，從沒完全成功過，當然也不認為現在向患者這麼做就可以如願成功。但令我覺得驚訝的是，他的手臂竟十分輕鬆——雖然很虛弱無力——隨著我的手所指示的每個方向動作。於是，我決定放膽對他說些話。

「M．維德瑪……」我說道：「你睡著了嗎？」

他沒有回答，但我感覺到他的嘴唇周圍顫抖著。於是我受到了鼓舞，一再反覆問他這個問題。問到第三遍時，他整個身子都呈現出一種極輕微的顫抖，眼瞼微張，露出一線眼白，嘴唇緩緩蠕動著，吐出幾句聲音低到幾乎聽不見的話，他說道：

「是的。我現在睡了。別叫醒我！……就讓我這樣死去吧！」

這時候，我再摸摸他的四肢，仍像剛才那樣僵硬。右手臂順著我的手所指示的方向，一如以往。我再問這位受催眠者，說道：

「M．維德瑪，你還感覺胸口疼痛嗎？」

這一次他答覆得很迅速，不過聲音比上回還低，「沒有……我快死了！」

我認為，此時已經不適合再打擾他了，所以不再有所動作，一直等待P醫生到來。他在日出前不久再度前來，看見患者還活著，覺得很訝異。他探了探維德瑪的脈博，又用鏡子檢查了他的嘴唇，就請我再向受催眠者說話。我照辦，問他：

「M．維德瑪，你還在睡嗎？」

就像前面的實驗一樣，過了好幾分鐘，他才開始回答我的問題。而在這段期間，這位垂死的人好像在凝聚著說話的氣力，我問第四遍的時候，他才用十分微弱的力氣說著話，幾乎沒有聲音了，他說道：

「是的。還在睡……不過快死了。」

現在兩位醫生都向我表示他們的意見或願望：就是讓M．維德瑪保持目前這種平靜狀態，不要打擾他，直到死亡降臨……大家都認為，死亡必然會在幾分鐘之內來臨。不過，我最後決定，再問他一次話，而且只重複我原先的問題。

我說話的當時，這位受催眠者的臉上產生了一種顯著的變化。

M．維德瑪的雙眼竟然緩緩睜開，瞳孔往上消失、全身皮膚浮現出一種如死屍般的顏色，有點像羊皮紙，卻更像白紙；先前明顯侷限在臉頰中央的圓形紅潮斑點，突然間「熄滅」了——我之所以這樣說，是因為它們消退得太突然，讓我想到了燭火被人一口氣吹熄的景象；在此同時，他的上唇自行扭曲，脫離了原先密合覆蓋的牙齒，下顎倏地作響掉落下來，任由嘴巴大大地張開，腫脹發黑的舌頭因此暴露無遺。

我想，當時在場的一堆人當中，都已經看慣臨死的恐怖景象了。可是，M．維德瑪這時的模樣真是令人不忍卒睹，實在已經超越人的想像，以致於大家不約而同地從床前往後退。

我的敘述至此，所描述的景象一定讓每位讀者都大感吃驚，反而不願相信我的話。雖然如此，我還是得繼續說。

M．維德瑪已經沒有任何生命跡象了，因此我們斷定他已經過世了，將他交由兩位護士照顧。但就在這個時候，他的舌頭竟然強烈震動，這種情形持續了大約一分鐘左右。

過了這段震動期，那無法張開的嘴巴突然發出一種說話聲。若要我加以描述那種聲音，簡直是一種瘋狂的舉動。事實上，有兩、三個形容詞或許可以用來說明這種狀況，不妨說那聲音兼具粗礪、破碎與空洞的特性，總的來說，就是一種不堪聽聞，無以言談的聲音，是人類耳朵從沒聽過類似的刺耳聲響。話說回來，其中仍有兩個明顯之處，我當時看來，以及現在回想都可以說是音調上的特性，經過相當的修飾，藉著一種非人間的特殊性質來傳達某種意思。首先，M．維德瑪說話的聲音，似乎是從一個非常遙遠的地方——至少我聽起來——或是從地底深處的某個洞穴傳到我們耳裡；接著，這個聲音給我的感覺——老實說，這一點恐怕無法讓人理解我所說的意思——就是好像凝膠狀或某種具黏稠性的東西給我的觸覺感受。

我所說的是「聲音」與「語音」兩者。我想說的是，那聲音有清晰明顯的，甚至可以說清晰得美妙而令人興奮的音節區分。

M．維德瑪「說話」了。很顯然他在回答我幾分鐘前問他的問題。大家應該還記得，我剛才問他，他是否在睡覺了。他現在則回答說：

「是的。……不是……我『一直』都在睡覺……而現在……我『是一個死人』。」

他這樣說出的這幾個字眼，一點也不含糊，足以表達那種難以言喻、卻令人毛骨悚然的恐怖，凡在場者都不容否認，並企圖壓抑。

L先生當場暈了過去。兩位護士馬上離開房間，無論如何勸說也不肯回來。至於我個人的感覺如何，我不奢求能夠說得明白，好讓讀者們了解。過了將近半個小時，我們都默默地、沒說一句話地忙著，想辦法讓L先生恢復神智。等他恢復了神智，我們才又專心檢查著M．維德瑪目前的狀況。

一切就如我剛才描述過的那樣，只有一樣例外，就是檢查呼吸的鏡面上不再出現任何呼吸跡象了。我們想從維德瑪的手臂上抽血，卻抽不出來。

在此我也必須加以說明，就是他的手臂已不再聽我意志的支配。我努力地想要讓它隨著我的手指示，但沒有任何反應。現在可以看到催眠引導的徵象，只有每當我問M．維德瑪問題時，他舌頭上的振動有反應——很明顯，他有心要回應我的話，不過無能為力。儘管我設法使在場的每一位與他建立催眠信賴，換另一個人向他探問，他都毫無感應。我相信，現在我所說的一切都有其必要，可以讓人明白這個時代受催眠者之實況。我們請來其他的護士，而在十點鐘時與兩位醫生和L先生一起離開那屋子。

下午我們再次探望M．維德瑪，他的模樣一點也沒有改變。我們互相商量了許久，討論將他喚醒是否恰當與可行的問題等等。不過，我們一致同意，認為這樣做並無具體的目的可言。顯而易見的是，截至目前為止，死亡、或一般所謂的死亡，已經被催眠術所抑制了。我們似乎都明白，假如喚醒M．維德瑪，就等於讓他面臨即將的死亡，或者換句話說，是迅速地死去。

從那個時候直到上個星期末──期間將近七個月的時間──我們繼續每天前往M．維德瑪的家，偶而會有醫學上或其他領域的朋友作陪前往。在這段時間裡，這位受催眠者的狀況「完全」與我上次的描述情形一樣。護士也一直善盡照顧職責。

直到星期五，我們終於決定要做所謂的喚醒實驗，也就是說，想要喚醒維德瑪。或許，正由於這一項實驗的結果不佳，才引起社會各方面的議論紛紛。程度之熱烈，讓我不得不想到那種過眼雲煙的情景。

為了達到讓M．維德瑪脫離催眠昏睡的目的，我做了例行的按手動作，但這個動作暫時無效。後來，虹膜稍微下降，M．維德瑪才開始有了復甦的最初現象。大家發現……由於特別異於尋常，隨著瞳孔下降，維德瑪的眼蓋下面大量流出一種黃色惡臭的膿狀物，氣味強烈而且難聞作嘔。

這時候有人提議要我像以前那樣，用手指示引導M．維德瑪的手臂。我嘗試了，但無法辦到。這時候，P醫生向我提出一項要求，他要我提出一個問題，我照辦了，問維德瑪：

「M．維德瑪，你現在有什麼感覺或願望呢？能否向我們說明呢？」

M．維德瑪的雙頰瞬間又出現了紅潮跟圓斑，儘管嘴與唇還是一樣僵硬，但舌頭顫動起來了，也可以說是舌頭在口腔中激烈翻動……最後，我先前形容的那種令人厭惡的語音，爆發而出：

「行行好吧！……快……快！讓我睡吧！要不，快！叫醒我吧！……快呀！……『我跟你說我死了！』」

我聽了整個人都癱了，一時之間不知所措。

起先我努力了一陣子，想要鎮定患者。但心力根本無法集中，所以毫無效果，於是我反其道而行，盡全力想把他喚醒。我立刻明白這應該是我做得到的事……不如說，至少我馬上幻想自己做得到這件事……非常確信，整個房裡的人都在等著看維德瑪甦醒。

然而，真正發生的事情，令人始料未及。

在我迅速地做催眠動作之際，我一面聽著不是從他的嘴唇，而是從舌頭發出來「死了！死了！」的聲音，一面用催眠術的方法撫摸著他的身體。突然間，他的身體——在一分鐘內，甚至更短的時間——變小，無力地在我的手下完全腐爛……大家眼前看到的是，床上躺著一個腐敗得令人作嘔、幾乎成為液體的肉塊。

The System of Doctor Tarr and Professor Fether

焦油博士與羽毛教授的對談

A.D. 1845

我的朋友，你要學會如何評判這個世界，而不是依賴別人的看法，也不要相信你所聽聞的，只相信你所看到的一半。

一八××年秋天，當我在法國南方某一省旅行，經過聖梅森郡時，我想起巴黎的醫生朋友們述說有關附近某療養院的種種軼事。我從未到過那樣的地方，又剛好療養院離我當時的所在處不遠，這或許是個前去探究的好機會，為此我不得不改變與朋友的旅行計畫。這位朋友是我在旅行的前幾天巧遇的紳士，我們相約同行到一、兩個地方，他希望我不要因為他的緣故而干擾了我對事物的探索，因此他表示他非常樂意在這幾天悠閒地四處走走，好讓我可以趕上他。我們道別之前，我還想著：那間療養院開放參觀嗎？申請參觀會不會很困難？我將疑慮告訴我的朋友，他表示除非得到管理人梅隆先生的同意，否則是不許進入的，且申請手續比公立醫院的規定更加繁瑣。據他的經驗，梅隆先生並不樂意將這間療養院的大門開放，更別提向我介紹裡面種種情況。

我謝謝他的提醒，並且一起走在一條鋪滿綠草的小徑，經過半小時後，前方道路隱沒在濃密森林中、並連接著一座山，穿過這片陰溼蔥郁的樹林約二英里，療養院即展現在眼前。那是一棟華麗的古堡，歲月不饒人，時間的腳步已經使它殘敗不堪，但它依舊深深震懾了我，連我的馬也不安地踩著步伐。

當我轉身走回樹林時，突然對自己的膽怯感到羞愧，於是我又轉身走向療養院，開始著手申請程序。

當我們走到門口時，我察覺門是開的，且有位和我差不多年紀的人在屋裡。他發現我們的到來，連忙出來向我朋友打招呼，似乎蠻高興他的來訪。那個人就是梅隆先生，他身材高大，舉止彬彬有禮，威嚴的神情令人印象深刻。

我的朋友向梅隆先生引薦我，並表示我對療養院非常感興趣，請他協助我申請參觀事宜，梅隆先生保證一定會協助我並告知我所有注意事項，於是我的朋友向我們道別，這是我最後一次見到他。

梅隆先生邀請我進入屋裡。房屋不大，但整理得非常乾淨，裡面的擺設也很有品味，有許多書畫、盆栽及樂器，火光自壁爐散出，鋼琴前有一位美麗的年輕女子正吟唱著威尼斯詠嘆曲。當我一進屋，她停止了歌唱，向我點頭示意。她的聲音低沉，態度柔和沉默，我從她的外表可以感受到她的悲傷，但卻不是那種不愉快或陰鬱的感覺，穿著喪服的她，使我打從心裡感到尊崇與好奇。我在巴黎就聽說梅隆先生的機構採現實管理的方式，也就是不採取處罰制度，主張讓每個病人隨著自由心性發展，甚至可以在屋內四處走動。

鑑於先前的印象，我不能確定眼前這位女孩的精神狀況是否穩定。事實上，她美麗的眼神透露出些許不安，讓我不得不認為她是一位病患。她對我的問題回答得有條有理，剛才唱的歌與彈奏的旋律也都恰到好處，但根據我對躁鬱症病人長期的研究，仍不得不保留我最初的看法。接下來的談話，我仍持續地觀察著。

一位身著制服的男侍帶來一籃水果、酒與一些點心讓我取用，這時，這位小姐表現出急忙想離開的樣子，我將注意力轉到梅隆先生身上。

「不……這位是我的姪女，她是家族中最成功的代表。」

「我完全認同。請原諒我，我在巴黎的時候，已經了解該如何申請參觀療養院，如果可能的話，你知道……」

「當然，沒問題，先謝謝你對敝姪女的稱讚，像您這樣彬彬有禮的紳士現在已經難能可貴了。近來一些粗心的訪客造成我們非常不愉快的經驗，由於我的病人可以在院內四處走動，如果某些粗心的訪客嚇到他們，會導致病人們的情緒陷入混亂，因此，我不得不建立一些謹慎的規定，未經我同意的人不能入院參觀。」

「根據你的謹慎規定……」我重複他的話，「近來我聽到很多關於現實管理的看法，似乎成效不大……」

「那是以前，我們才剛開始實行，並計畫推廣下去。」

「的確，你的管理方法令人震驚！」

「我們建立這個制度，」他嘆了口氣說道：「完全秉持傳統方法，這制度的危機是我們必須時時提心吊膽，但成果似乎沒有想像得好。我相信，這屋裡的每個人都需要被公平對待，我們也嘗試所有人性的做法，很可惜你沒早些時候來拜訪我們，如果是那時候你需要通過一些測驗，但現在，我假設你對現實管理的內容已經完全了解。」

「並不全然，我聽到的多是三、四手的資料。」

「我可以向你解釋這個系統。整體來說，我們讓每個病人都當自己，其實幻象無時無刻存於他們腦中，但是我們不但接受他們的幻象，甚至鼓勵他們，有些人的情緒因此變得穩定，這也是我們之所以有名的原因。舉例來說，有些病人以為自己是雞，而我們不但不認為這是愚笨的行為想像，反而認同他們的想法，把他們當做一隻雞對待，我們對這些患者提供雞的飲食，像是穀物和碎食，而不是一般人的飲食。」

「對所有種類的想像都認同嗎？」

「我們儘量，另外我們提供相同的娛樂，如音樂、跳舞、體操、紙牌及各式各樣的書籍，讓他們保有原來的想像，這是治療的一大重點，維持心情平靜對他們的心靈和健康有很大的幫助，這一方面是我們的最大支出。」

「你對所有人都不處罰？」

「絕不！」

「你也從不限制你的病人？」

「非常少，只有當他們病情惡化、情緒突然暴怒時，我們會將他帶到隔離的房間，保護他直到情緒平穩，再讓他出來。如果他的情緒一直維持暴怒的狀況，通常會轉至公立醫院。」

「現在你已經做到了，有沒有想過怎麼做可以讓現在的情形更好？」

「當然，這個制度有它的缺陷和危險，但令人高興的是，這個制度正席捲我們聖梅森。」

「我覺得非常驚訝。照你的說法，沒有其他治療這類病人的方式。」

「你還年輕，我的朋友。你要學會如何評判這個世界，而不是依賴別人的看法，也不要相信你所聽聞的，只相信你所看到的一半。看來，有些自以為博學的人誤導了你對此地的看法。晚餐後，待你的疲勞消除，我非常樂意帶你四處參觀，並向你介紹整個系統，你就可以看見它如何運作以及成效斐然。」

「你親自帶我參觀？」我再次求證。

「榮幸之至，我親自向你證實。」梅隆先生邊說邊帶我參觀花園和娛樂室。

「現在還不能讓你看到我的病人，請稍等一下，類似的參觀會使他們感到驚嚇，我也不希望讓你對你的晚餐倒胃口。我們這裡的食物很棒喔，晚餐有小牛肉佐花椰菜拌小牛肉醬汁，你一定會十分滿意的。」

六點鐘晚餐開始，梅隆先生帶我進入一間非常大的大廳，約有二十到三十個人在裡面，他們全都穿著精緻華麗的衣服。我想這還真是揮霍無度呀，我發現有三分之二是女性，身穿巴黎時尚最流行的衣著。有些女性超過七十歲，但配戴全套首飾，卻未戴手套，手臂整個裸露出來。

就我觀察，大部分的衣服都不是量身訂做，幾乎都不合身。仔細一看，我看到剛剛在接待室與梅隆先生在一起的女孩，我驚訝地發現，她穿著鯨骨架大蓬裙及高跟鞋，還有一頂骯髒的布魯塞爾蕾絲帽，帽子太大以致於她的臉幾乎都快看不見了。我第一次看見她的時候，她還穿著喪服，現在卻又盛裝打扮。大廳瀰漫一股詭譎的氣氛，讓我不得不想起所謂的「現實管理」，梅隆先生是否打算一直欺騙我直到晚餐結束，讓我與病人一起用餐卻不會感到不舒服？我接著想到，在巴黎曾聽說南方某些省有特殊的習俗，因此與大廳裡的一些人交談之後，我的不安與恐懼漸漸消退。

餐廳雖然布置得很舒適，桌上的食物也很充分，卻有些怪異之處，例如：地上沒有鋪地毯。在法國，絕大多數的地板都會鋪地毯；窗戶上沒有窗簾，取而代之的是百葉窗，百葉窗後的窗子緊緊用扣環鎖住。這個房間據我的觀察，是建築的最外側，三面都有窗戶，高達十個窗戶之多，門則在另外一側；餐桌很豪華，上面擺滿了豐盛的食物，這樣浪費實在少見，上面的食物足以餵飽整個非洲的所有難民了；桌上的銀製燭台插了幾支蠟燭，光線搖曳模糊，但足以讓我看清四周狀況；幾位僕役四處走動，房間裡還有幾張大桌子放在角落，有七到八個人正在彈奏著樂器，這些人令我十分憤怒，他們使我必須在用餐時間持續忍受著這些惱人的噪音。

我沒辦法不想著這些怪異的事情，但世界上充斥著各式各樣的人、思想及習俗，我經常四處旅行，也看過許多奇怪的事物……因此我還是以沉著的態度面對梅隆先生，並保持著禮貌的態度。

用餐時大家對話熱絡而且廣泛，那位年輕美麗的小姐亦維持著健談的態度，我發現大部分的人都受過良好的教育。梅隆先生是個涉獵廣泛的幽默家，他說話的態度就像聖梅森郡的郡長，經常突發奇想冒出一些有趣的故事。「我們曾有個同伴，」坐在我右邊，有點微胖的男士開口了：「這位同伴幻想他是一只茶壺，這種想法不是一件特別古怪的事嗎？全法國竟找不到一個地方可以安置這只茶壺，我們這位茶壺朋友，每天都要小心地用鹿皮將自己擦拭得一塵不染。」

「還有……」高大的男士說：「不久前有個人認為自己是頭驢子，我倒覺得他蠻像的。他是個麻煩的人，我們總是需要花許多力氣才能縛住他，很長一段時間，他除了草之外什麼都不吃。自從我們讓他吃草之後，不久他就痊癒了，但他還是常常踢自己的腳。」

「狄克先生，非常感激你……」一位坐在發言者旁邊的老太太說：「請把你的腳放回去，你弄髒了我的衣服。有必要舉這種例子嗎？我們大家都知道那是誰，依我看，你不用表演都像驢子。」

「喔！我十分抱歉，馬塞蘭……」狄克先生說：「一千個抱歉，讓我舉杯向妳致歉。」狄克先生微微鞠躬，有禮地親吻著她的手背，並舉酒向馬塞蘭女士致意。

「請注意！」梅隆先生說：「請大家嘗嘗這美味多汁的小牛肉，你會發現這是人間美味。」此時，強壯的僕役端來許多大盤子，我原先想像裡面會放滿美味的食物及豐盛的裝飾，但是待我仔細一看，才發現有的盤子裡只有一小片像烤牛肉的東西，旁邊放著一顆蘋果，而有的盤裡則是烤兔肉。

「謝謝您，但是……」我說：「說實話，我對小牛肉沒什麼興趣，如果可以的話，我想試試兔肉。」

桌上還放了幾道菜，與兔肉搭配起來非常不錯。「派爾！」梅隆先生叫道：「幫這位先生換上兔肉，並加些菜。」

「謝謝你，我想我可以自己來。」

其實我們並不知道自己真正吃的是什麼東西，包括我的食物。

「咳！」一位坐在後面，皮膚蒼白的先生說道：「很久以前，我們有個病人堅持自己是科多瓦乳酪，總是放了一把刀子在頭上，並要求他的朋友將他從頭切成兩半。」

「不容置疑，他真是個笨蛋！有個我們都認識的人，不需我過多描述，他老是把自己放在香檳桶裡，還不時發出碰碰聲和嘶嘶聲。」這位說話者非常無禮，他將自己的右拇指放入口中，靠在左臉頰上發出碰碰聲，並用舌頭和牙齒發出嘶嘶聲，模仿開香檳的情景，我轉頭看向梅隆先生，但他似乎對此沒什麼表示。接下來，一位瘦小又戴著大假髮的男士說話了。

「還有一個自命不凡的傢伙，自以為自己是隻青蛙，真希望你能看到，他把自己弄得真像隻青蛙，他的聲音就是呱呱呱，當他喝了一兩杯水或酒之後，就會把手靠在桌上，鼓大雙頰，他的眼睛還會睜大並快速轉動，我不得不佩服他的表演天分。」

「我對你說的完全認同。」我說。

「還有朱利地梭里爾。他也是個罕見的天才，以為自己是一顆南瓜，害怕會被做成派，因此堅決不進廚房，我敢說，他一定也不肯吃派類食物。」

「這真是個令人吃驚的故事！」我轉頭看向梅隆先生。

「哈哈！」梅隆先生發出笑聲，「嘿嘿嘿！嗨嗨嗨！齁齁齁！呼呼啾！非常有趣，這真是一件有趣的事。」

「還有……」另一位說：「巴頌先生也有驚人的表現方式，他總覺得自己被兩隻手束縛住不得動彈，有時候認為自己是棵芹菜，有時又認為自己是菊花，有時候……」

我注意到旁邊有個人把頭靠在他的肩膀上，對著耳朵輕輕說話，突然間他停止說話，靠回椅背。

「波拿先生也是個有趣的人，我稱呼他為泰山，為什麼如此稱呼他呢？因為他就像小丑一樣逗趣，每個小時固定都會旋轉他的身體，你看到他的模樣一定會忍不住笑出來……」這位朋友突然停住，繼續對身旁的人耳語。

「可是……」一位老太太喊道：「波拿先生是一個瘋子，徹頭徹尾的瘋子。容許我問一個問題，有誰聽過泰山呢？真是荒謬極了，不像喬伊絲太太……她是個敏感的人，受到朋友推崇，即使受到刺激，依然保持有禮的態度，她會拍著她的翅膀發出喊聲……咕咕咕……咕咕咕……」

「喬伊絲夫人，妳表演的非常好……」梅隆先生嘲諷地打斷談話，「妳可以選擇繼續當個淑女在桌上用餐，或是離開餐桌。」

這位女士滿臉通紅，低下頭不發一語，但另一位年輕的女士發出了聲音，就是我在接待室看到的那位美麗女孩。

「喔，喬伊絲女士真是愚笨！」她喊道：「但另有一位真正美麗又陷入痛苦的年輕女性。尤金妮．莎腓特，她總是穿著不合宜的衣服，卻期望能藉由衣服表現出真正的自己。其實這非常簡單，只要……只要……」

「停止，尤金妮！」一群人叫了出來，「妳在幹嘛？控制自己！我們都知道該怎麼做，控制！控制！」好幾個人跳起來離開他們的座位，抓住尤金妮，忽然間傳來一聲巨大尖叫聲，穿過整棟建築。

我的神經頓時繃緊。說實話，我從沒看過這麼多人被嚇到，他們臉色蒼白得像一具具屍體，畏縮在自己的椅子上，身體顫抖著，牙齒發出嘎嘎聲，口中喃喃自語著。又一次！巨大的尖叫聲似乎來自附近，第三次仍舊非常大聲，第四聲明顯小聲了一點，漸漸小聲之後，聲音停了。我滿肚子疑惑正打算發問。

「只是小事。」梅隆先生說：「這種事司空見慣，不需要太驚慌。有些病患到了晚上就會像成群的瘋狗一般，一個接著一個，這事偶爾會發生，這樣的發洩方式有助於壓力的抒發，只是有時候的確需要注意一下。」

「這樣的人大概有多少？」

「目前大約有十個人左右。」

「我想大部分應該是女性吧！」

「喔，不！他們全是男性。」

「我了解，精神疾病具性別導向。」

「大體而言是，但不全然，之前我們有二十七位病人，十八位是女性，但現在改變很多，誠如你所見。」

「是的，誠如你所見，的確改變很多。」一位男士打斷了我們的談話。

「是的，誠如你所見，的確改變非常多。」全體齊聲說道。

「全部閉嘴！」梅隆先生怒斥，全部人立刻一片死寂。一位女士緊緊閉住自己的嘴，甚至用手用力按住雙唇。

「剛才那位學雞叫的女士……」我靠向梅隆先生耳語：「我想，她應該沒有惡意吧？」

「沒有惡意？」梅隆先生毫無預警地喊出：「你的意思是？」

「只是一點不對勁……」我摸摸頭，「我想她應該沒攻擊性才對？」

「天啊！你在想什麼？喬伊絲女士是我多年好友，她就像我一樣正常，她像一般老年人，有些特殊的癖好。」

「當然，」我說：「只是這些人是……」

「你是指我的朋友和僕役？」梅隆先生打斷我的話，指著那些人說道：「他們都是我非常好的朋友與助理。」

「什麼？全部！」我問道：「這些女士和全部的人？」

「當然，我們還真是少不了她們，她們是世上最優秀的精神科護士，有她們獨特的表現方式，她們閃亮的眼神有著不可思議的力量，就像蛇的魔力般，你了解的。」

「當然！」我說：「當然！只是他們有點奇特，與尋常人不太一樣，你不覺得嗎？」

「奇特？與尋常人不一樣？哪裡？你真的這麼覺得嗎？我們並不是裝出來的，這裡是南方，我們盡情享受人生和周遭事物，你知道的。」

「當然！」我說：「我了解。另外，你所創立的現實管理，執行上是否嚴格？」

「無可避免，我們必須這麼做。」

「這個系統完全由你一人構想出來的嗎？」

「不全然！部分想法是由焦油博士提供，而羽毛教授則指出我的一些錯誤，他們都是值得敬重的人。」

「我很抱歉！」我說：「我從未聽過他們。」

「妙極了！」梅隆先生突然喊道，將他的椅子向後傾並舉起手，「你從未聽過他們倆？」

「我對我的無知感到抱歉，但真理應該凌駕一切之上。總之，我對這方面的人和事並不十分熟悉，我會找出他們的著作仔細研讀的。梅隆先生，我不得不說，你讓我感到、嗯……讓我感到，我對自己感到非常羞赧。」

「別再說了，我的好友！」他溫和地拍拍我的手，「我們喝一杯吧！」

我們一起乾杯，其他人也沒有停下來，他們繼續聊著天、互相說笑，表現出不合宜的動作；樂隊繼續演奏著，喇叭嗚嗚吹奏著，鼓也一聲接著一聲愈來愈大聲，大家的情緒逐漸高漲。同時，梅隆先生與我喝了幾瓶酒，我們繼續在吵鬧聲中交談著，酒瓶如山般慢慢堆積，漸漸地，我們聽不見對方的聲音了。

「梅隆先生！」我在他耳旁大聲喊道：「你在飯前曾告訴我，現實管理以前發生過一件危機，那是什麼？」

「是的，」他說：「那是一件很嚴重的偶發事件，有個情緒反覆無常的病患，我和焦油博士及羽毛教授都認為，讓他自由地到處遊走很不安全。幻想也可以很真實，這是現實管理的源由。後來，他的情緒變得很暴躁、難以控制，他的聰明與狡猾也是出了名的，當他想到一個計畫時，他會完整周詳地設計，靈巧虛偽地騙過治療人員。他是一個令我印象深刻的個案，所以當精神病患突然表現出神智清醒時，就應該給他穿上緊身衣。」

「但是後來發生了什麼？在你主張自由管理的前題下，這個病患發生什麼事？」

「發生了什麼事？不久前，當現實管理開始實施後，我們的病人愈來愈多，他們的行為的確好轉，有些地方也開始實施這種管理法，成效也不錯，但有一天早上，僕役們一早醒來，發現手腳被綁住，還被關在病人房間裡，而病人們卻裝作是僕役的樣子在他們的房間及工作室裡。」

「天啊！我這輩子從未聽過這種事。」

「事實上，這全是一個病人的鬼主意——他認為自己創造了完美的政府組織，絕無僅有的完美，一個精神病患的組織。他把自己的計畫付諸實行，說服其他病人加入，以滿足自己的統治欲。」

「他成功了？」

「是的，僕役和病人的角色對調，病人們現在自由了，真正的僕役卻被困在房間裡，但這些病人們對被困的僕役非常好，就像僕役平常對待他們一樣。」

「但我覺得奇怪，這種情形不可能維持太久，當訪客們來探訪病人時，應該會發現這個情形。」

「這你就不了解了。帶頭的傢伙真是太聰明，他是唯一沒有訪客的病人。那天來了一個看起來很笨的男人，他說他常常沒來由地感到害怕，這帶頭的傢伙帶他來這裡，並耍了一些小把戲娛樂他之後，送他出門，還將這裡的資料寄給他。」

「這種情形維持了多久？」

「喔！非常久，大約一個月左右。確實多久我不太清楚，這段期間他們玩得非常愉快，他們丟掉自己的衣服，換上其他人的衣服和首飾，打開儲藏室的酒，盡情享受他們的人生，我向你保證。」

「後來呢？這位帶頭的病人有受到特殊的治療嗎？」

「為什麼？根據我的觀察，精神病患並不一定是傻瓜，而且我認為他的治療情形已經比想像中好很多，這是一個不錯的治療系統，實在、簡單、清楚，事實上……」

梅隆先生的談話被另個一連串的吼叫聲打斷，就和剛才的情形相似。這一次，聲音的來源似乎更靠近我們了。

「不好了！」我叫道：「這些病人似乎快掙脫束縛了。」

「我也非常擔心！」梅隆先生的臉色現在變得非常蒼白，自從吼叫聲出現，他便不再說話。聲音愈來愈清楚，似乎有些在窗外的人想進入這個房間，門被重物用力敲打著，百葉窗也因用力敲打而震動。奇怪的事接著發生了，梅隆先生竟躲到桌子下面，我原本預期他會出來解決這一切。樂隊顯得異常興奮，帶著他們的樂器爬到桌上繼續彈奏，鏗鏘有力的曲子卻不成調。

此時，有位男士跳上桌子，在酒瓶和杯子之間手舞足蹈，並開始他的演說，只可惜我什麼都聽不見；同時，有位對泰山有偏好的男士，開始繞著房間旋轉；一陣香檳開啟的碰碰聲及咕嚕咕嚕酒冒出來的聲音傳來，我發現是那位學香檳酒先生所發出的聲音；一位男士開始學青蛙呱呱叫、還有一位持續發出驢叫聲；喬伊絲女士則顯得不知所措，站在火爐旁不停發出咕咕咕……咕咕咕……

這場悲劇最高潮的時刻來臨了，在一陣高聲嘶吼與雞叫聲中，十面窗戶同時敲破，我永遠忘不了當時的錯愕與驚訝——有人破窗而入，伴著打架聲、歌聲和怒吼聲，發生一場我以為只有黑猩猩才會發生的扭打。

有人給了我一拳，我不得不倒在椅子上，躺了幾乎有一刻鐘之久……

終於我聽到這場悲劇有了一個令人滿意的結局。梅隆先生告訴我有關病人企圖接管療養院的事，其實是他的英雄事蹟。他在兩、三年前的確是這間療養院的管理人，但他後來發瘋成了病人，我的朋友卻不知道這件事。原來的十位僕役全身被塗上焦油黏上羽毛，關在地下室的房間裡，他們已經被禁錮了將近一個月之久，其中一個人自下水道逃出，才救出其他人。

現實管理經過修改後再度被使用在這間療養院，但我無法認同梅隆先生他那所謂實在、簡單、清楚，沒有副作用的治療方法。

我試著在歐洲各大圖書館尋找焦油博士和羽毛教授的著作，竭盡所能卻始終毫無斬獲。

The Cask of Amontillado

阿蒙帝拉度的酒桶

A.D. 1846

這時，洞裡發出令人毛骨悚然的低笑聲，接著是悲慘的哀嚎，真不像高尚的福爾杜那多的聲音。

在福爾杜那多不斷羞辱我時，我儘量忍著，但他實在愈來愈過分了，我不得不找機會報復。

凡是清楚我個性的人，就知道我不只是說說而已，一旦下定決心便絕對會去做。在此同時，我也得好好統籌計畫，一方面是為了懲罰他，一面還得規避刑責。倘若懲罰壞蛋，自己又受到傷害，就太不值得了。不過如果為了怕犯罪，而不痛不癢地去報復惡人，又沒什麼意思。

無論一舉一動，我還是如同往常對待他，遇到他時，總是笑臉迎人。福爾杜那多一定不知道我的笑裡藏刀，而且將成為活生生的犧牲品！

福爾杜那多這傢伙令人敬畏之處非常多，卻有一項弱點，那就是老愛自誇是位品酒專家。繪畫及珠寶鑑賞方面，他的確是外行；不過對於品評陳年老酒，可是有特異之處。這一方面，我們兩人不分軒輊。尤其我對義大利產的葡萄酒很內行，平日盡可能四處搜購、保存。

當狂歡節達到高潮時的某天傍晚，我在街上巧遇福爾杜那多，他喝得很醉，我愉快地與他交談。他身穿一套合身條紋的衣服，頭戴一頂繫著鈴鐺的圓帽，像個小丑。遇見他，我真是高興極了，緊握著他的手不放。

「福爾杜那多，好久不見，你今天精神可真好。我昨天買了一大桶阿蒙帝拉度酒，不過有點不確定……」

「怎麼可能？阿蒙帝拉度酒？別扯了，這時候哪有可能？」

「所以我才不太確定。我真是蠢啊！沒先與你商量一下就急著買了。昨天就是找不到你，又怕錯過這個賺錢的好機會。」

「阿蒙帝拉度酒？」

「我有點懷疑啦！」

「阿蒙帝拉度酒？」

「我實在想找人鑑定一下。」

「阿蒙帝拉度酒？」

「你大概沒時間吧！我打算找魯卡西，只有靠他了。」

「那傢伙連雪梨酒和阿蒙帝拉度酒都分不清呢！」

「但我聽說，他和你的能力不相上下啊！」

「好，我跟你走！」

「去哪裡？」

「到你家酒窖啊！」

「這怎麼好意思呢！你今天不忙嗎？可是魯卡西……」

「我有空呀，走啦！」

「你不是怕冷嗎？我家酒窖很潮溼而且布滿硝石。」

「沒關係，我們走吧！我才不怕冷咧！阿蒙帝拉度酒？你一定被騙了，況且魯卡西連雪梨酒和阿蒙帝拉度酒都分不清！」

說著，福爾杜那多便抓著我的手，快步朝我家走去。

家裡的僕人全走了，他們肯定是看熱鬧去了。我臨走前特別交代明天早晨才會返家，要他們好好守著房子——我曉得這麼一說，他們準會集體開溜。

我拿起燭臺上的兩支火把，一支交給他。熱情滿滿地領著他穿過幾間房間，走向通往酒窖的長廊，一面提醒他小心行走，最後抵達蒙托利瑟家潮溼的墓窖。

「大酒桶呢？」他問。

「在後面呢！你看，牆上那發光如白蜘蛛網的東西？」

他以朦朧的醉眼瞥了一下說：「是硝石？」

「沒錯，是硝石，你什麼時候開始咳得這麼厲害？」

「咳咳咳！咳咳咳！」他沒辦法馬上回答：「沒事啦！」

「我們還是回去吧！」我斷然地說道：「你的健康最重要了。像你這樣受人敬重、有錢有身分者，如果病倒，我可擔當不起，更何況魯卡西……」

「我有自知之明，這不算什麼，死不了的。」

「說的也是，我太多慮了，你自己小心就好。喝點美德克酒吧！他能幫助你抵禦溼氣！」說著，我從地上長長一排的酒瓶中拿起一瓶。啵！打開瓶蓋。「喝吧！」我把酒遞給他。

他瞥了一眼酒瓶便接過去，很高興地舉杯，「為睡在這裡的靈魂乾杯！」說完便猛灌一大口，然後又同我一起前進。

「多麼深廣的酒窖啊！」他讚嘆著。

「蒙托利瑟是個很興旺的大家族。」我答道。

「對了，我忘記你家家徽了。」

「就是在藍色地板上有一條蛇，被一個金人的腳踩住，蛇便轉過頭來咬人的腳的圖案。」

「那有什麼意義？」

「傷我之人必得報復！」

因為酒精作祟，他雙眼發亮，帽上的鈴鐺也叮噹作響，我覺得有些熱了。經過布滿大酒桶與堆積遺骸處，直往墓窖深處。

我再度停下腳步，抓著他的手說：「你看硝石愈來愈多了！一如青苔爬滿壁頂。現在我們已經到了河床下面，溼氣透骨，我們還是趁早回頭吧！你咳得這樣厲害……」

「咳咳咳！不打緊，走吧！你再開一瓶美德克酒就好了。」

我又開了一瓶多古拉布酒遞給他，他一口飲盡，銳利的眼更清亮了。福爾杜那多笑著向空中抛接酒瓶。

我覺得很奇怪，用眼神試探著他。

「你還不知道嗎？」他問。

「不明白。」

「你沒有加入兄弟會！」

「你怎麼知道？」

「因為你不是互助會會員！」

「我是啊！」

「才怪！你是嗎？」

「當然了！」

「證明給我看！」

「就是這個！」說罷，我從披風裡拿出一把砌牆用的鏝刀。

「你開什麼玩笑！」他嚇得退了五、六步，「我們不談這個了，趕緊找酒吧！」

「也好！」我收起鏝刀，伸手扶他，他沉沉地靠著我，繼續前進。

經過幾個很低的拱廊，沿著一條長路往下走，終於到了藏滿陳年老酒的地窖，那裡空氣稀薄，所以火把不是很明亮。

地窖最深處有個更窄小之處，如同巴黎大墓窖一般，其中三面牆堆滿了遺骸，第四面牆的骨骸已塌了下來，散置在地。我們將這些骨骸撥開，看見牆裡有個深四英尺、寬三英尺，高約六、七英尺的坑。這坑的作用僅是用來支撐地窖頂的兩根大木柱間的空隙，以堅硬的花崗石建造。福爾杜那多將火光微弱的火把伸進坑裡，什麼也看不見。

「進去瞧瞧！阿蒙帝拉度酒就在裡面，可是魯卡西……」

「他懂什麼！」福爾杜那多搖搖晃晃地打斷我，同時走向裡面，我尾隨其後。走到盡頭時，由於被花崗石牆擋住了，他便站在那發楞。我趁機迅速地將他綑綁在牆上，因為這花崗石牆上有兩個相隔二英尺的鎖環，一邊有一條短鍊，另一邊有個鎖。想把他捆在那，只需要幾秒鐘。我這個舉動太過突然了，他只是發楞，忘了抵抗。於是我將鑰匙拿起，走出了那個坑。

「你摸摸牆，可以摸到硝石，溼氣很重喔！你不是不願意回頭嗎？那就讓你一個人留在這裡，你別怪我喔，我可是有勸你回頭呢？」

「亞特拉蒙多酒？」福爾杜那多尚未清醒地喊著。

「不是在裡面嗎？阿蒙帝拉度酒！」我邊說邊撥開地上遺骨，找出石頭及水泥，用鏝刀調和這些建材，開始封洞。

在我砌好第一排時，福爾杜那多酒意已退了許多，我聽見他發出低沉的聲音，那已非醉漢的囈語了。不久，我砌好第四排時，聽見他猛扯著鎖鏈的聲音，持續好幾分鐘，我愈聽愈高興，索性坐下，慢慢聆聽。等聲音停下來之後，我又繼續砌第五、第六、第七排石頭。

突然，裡面的人發出一連串尖叫聲。我拔出劍，想進入坑裡，但轉念又放棄了。我很得意地瞧著自己的傑作，往坑裡大喊，想壓倒他的聲音，當我這樣做的時候，他又靜了下來。

深夜，我快大功告成了，第八、九、十排已經砌好，第十一排也完成一半。終於只剩下一個小洞了，再放上一塊大石頭就大功告成了。這時，洞裡發出令人毛骨悚然的低笑聲，接著是悲慘的哀嚎，真不像高尚的福爾杜那多的聲音。

「哈哈哈！嘿嘿……真是有趣的玩笑！……這玩笑足以讓我回家好好笑一陣子了……嘿嘿……一面喝著酒……嘿嘿……」

「阿蒙帝拉度酒！」我說。

「嘿嘿！沒錯，就是它。但會不會有點晚，老婆和孩子正等著我們，該走了吧？」

「好吧，我們回去吧！」我說。

「蒙托利瑟，看在上帝的面子上！」

「是啊！看在上帝的面子上。」

我等著他的回答，但已無聲息。

我忍不住大喊：「福爾杜那多！」

沒有回應。

「福爾杜那多！」

還是沒有回應。

於是我將火把丟入坑內，除了叮噹響聲外，沒有別的。墓窖裡的溼氣太重，害得我快喘不過氣。我迅速將最後一塊石頭砌好，抹上水泥，又將地面散亂的遺骨推在這面新石牆邊，這麼一來，四面牆的骨骸又像山一般高了。在半世紀以內，是不會有人來搗亂的。

但願福爾杜那多能得到安息。

愛倫·坡生平年表（1809年1月19日～1849年10月7日）

1809（0）

出生於美國馬塞諸塞州波士頓，為家中的二兒子，有一兄一妹。原名埃得加·坡。

1812（3）

幼時父親負氣離家、母親因過勞身亡。埃得加·坡後被愛倫夫婦所領養，複姓埃得加·愛倫·坡。

1815(6)

全家移居蘇格蘭，而後又定居英國倫敦。

愛倫·坡進入神父學校就讀，天性聰穎，在此打下深厚的古典文學基礎。

1820(11)

舉家搬回里奇蒙居住。

1824(15)

暗戀中學玩伴的母親——簡·斯蒂恩·斯塔納德。

沒過多久簡即病逝，愛倫·坡傷心之餘，寫下悼詩《致海倫》。

1826（17）

進入弗吉尼亞大學。

坡因為生活費及賭博酗酒問題與養父決裂，獨身前往波士頓。

1827（18）

5月時化名「埃得加·A·佩里」，應募進入美國陸軍。

此期間透過印刷廠的幫助，愛倫·坡自費出版第一本詩集《帖木爾》。內容大多模仿其偶像——拜倫的作品，但無人問津。

1829（20）

2月時養母愛倫夫人離世，愛倫·坡回到里奇蒙的家中探訪，並要求養父能資助其第二本詩集出版。

坡提前結束軍旅生活，於12月時出版了第二本詩集。

1830（21）

愛倫·坡進入西點軍校就讀，並在同年10月與路易·莎帕特森結為連理。

在校內以「諷刺詩」聞名的坡，因在信中諷刺其養父，最終與養父斷絕關係。

1831（22）

因職責疏忽受軍事法庭審判，從西點軍校開除，愛倫·坡離開紐約。

在前戰友的金援下，坡出版第三本詩集。

1833（24）

愛倫·坡轉戰散文，《瓶中稿》一文獲得巴爾迪摩報社徵文比賽頭獎，逐漸嶄露頭角。

1834（25）

養父逝世。愛倫．坡沒有獲得任何繼承權，生活十分窮困。

1835（26）

受評論家約翰．甘迺迪賞識，將其推薦給月刊《南方文學信使》做為編輯，但後因酗酒問題而遭解雇。

同年9月祕密迎娶當時只有13歲的表妹維吉尼亞。

1838（29）

愛倫．坡開始發表多篇文章、小說和評論，因而提高聲譽，贏得不少青睞。

1842（33）

妻子維吉尼亞首次出現肺結核症狀。愛倫．坡從此時開始大量酗酒。

1847（38）

妻子病故。

1849（40）

逝世。其屍體於巴爾迪摩街頭被發現，至今死因不明。

{愛倫坡短篇小說選}

莫爾格街兇殺案

附紀念藏書票

莫爾格街兇殺案：愛倫坡短篇小說選 ／
埃得加．愛倫．坡　著；沈筱雲、周樹芬　譯
-- 初版. -- 臺北市：笛藤, 2020.11
面；　公分
譯自　Best Series of Edgar Allan Poe

ISBN 978-957-710-800-5
874.57　　　　　　109016435

2020年11月13日　初版第一刷　定價 300元

作者　埃得加．愛倫．坡
譯者　沈筱雲、周樹芬
編輯　江品萱
封面設計　王舒玗
內頁設計　王舒玗
總編輯　賴巧淩
編輯企劃　笛藤出版
發行所　八方出版股份有限公司
發行人　林建仲
地址　台北市中山區長安東路二段171號3樓3室
電話　(02)2777-3682
傳真　(02)2777-3672
總經銷　聯合發行股份有限公司
地址　新北市新店區寶橋路235巷6弄6號2樓
電話　(02)2917-8022．(02)2917-8042
製版廠　造極彩色印刷製版股份有限公司
地址　新北市中和區中山路二段380巷7號1樓
電話　(02)2240-0333．(02)2248-3904
印刷廠　皇甫彩藝印刷股份有限公司
地址　新北市中和區中正路988巷10號
電話　(02)3234-5871
郵撥帳戶　八方出版股份有限公司
郵撥帳號　19809050